el diablo

propone

un brindis

y otros ensayos

el diablo propone un brindis

GRUPO NELSON
Desde 1798

Este título también está disponible en formato electrónico.

Título en inglés: *Screwtape Proposes a Toast*
© 1959 por C. S. Lewis Pte. Ltd.

© 2019 por Ediciones Rialp, S. A.
Colombia, 63, 28016 Madrid

Traducción de los siguientes ensayos: «El círculo cerrado», «¿La
teología es poesía?», «Transposición», «El peso de la gloria» y «Lapsus
linguae»: *Juan Carlos Martín Cobano*
Adaptación del diseño: *Setelee*

ISBN: 978-0-84991-937-4
eBook: 978-0-84991-938-1

Número de control de la Biblioteca del Congreso: 2022943673

Impreso en Estados Unidos de América

23 24 25 26 27 LBC 5 4 3 2 1

CONTENIDO

PRÓLOGO

CLIVE STAPLES LEWIS nació el 29 de noviembre de 1898 en los suburbios de Belfast (Irlanda del Norte). Su padre, Albert Lewis, abogado, se casó con Flora Hamilton, hija de un pastor protestante anglicano. La pareja tuvo otro hijo, Warren, tres años mayor que Clive, y los primeros años de la familia fueron muy dichosos. Albert y Flora eran ávidos lectores y coleccionadores de libros. Clive —o «Jack», como comenzó a llamarse a sí mismo— compartía su inclinación literaria. Según decía, «encontrar un libro desconocido en mi casa era como ir a un campo y saber que siempre podría hallar hoja de hierba nueva». Jack manifestó también desde temprana edad una extraordinaria facilidad para escribir, y cerca de los seis años creó un mundo imaginario sobre el que escribir historias.

Otra cosa notable en su infancia es que ya entonces daba muestras de la claridad y racionalidad que tanto le caracterizarían. Sin embargo, existía al mismo tiempo otro aspecto de su vida que contrastaba con esta mente racional. Desde los seis años aproximadamente tuvo reiteradas experiencias de algo que no podía nombrar, pero que más tarde describiría en su autobiografía, *Cautivado por la alegría* (1955), como la «experiencia central» de su vida. Se trataba de una experiencia agridulce, de un «anhelo inconsolable» o de un «deseo insatisfecho», que le resultaba «más deseable que ninguna otra satisfacción». A veces se presentaba con una intensidad tal que apenas se diferenciaba de la congoja. Hasta que pudo comprenderlo mejor, creyó que esta «alegría», como él la llamaba, constituía un fin en sí mismo. «Volver a sentirla» se convirtió para él en un deseo supremo. ¿Pero qué era lo que anhelaba? Siempre que volvía a los poemas, al paisaje o a cualquier otra cosa que hubiese actuado como mediación de aquella alegría, esta se había desplazado y parecía estar llamándolo desde algún otro sitio. No había nada en que pudiese identificarla y decir: «Es *esto*».

La infancia, que había sido tan feliz, terminó abruptamente con la muerte de su madre en 1908, teniendo él apenas nueve años. Después de esto Jack siguió a Warren por varias escuelas de Inglaterra, sin ninguna satisfacción. Sin embargo, la situación cambió por completo cuando comenzó estudios particulares con el antiguo director de su padre, W. T. Kirkpatrick. Al cumplir Lewis dieciséis años, el señor Kirkpatrick pudo afirmar de él que «era el traductor de teatro griego más brillante que jamás había conocido». Leyendo a los autores paganos, Jack se percató de que los eruditos consideraban a las mitologías antiguas como un puro error.

Consecuentemente, él consideró también al cristianismo como otra «mitología», tan falsa como las demás, y se hizo ateo. Entre tanto, había llegado a la conclusión de que la alegría no era un fin en sí mismo, sino un indicador de otra cosa. ¿Pero qué otra cosa? ¿Hacia dónde apuntaba la alegría? Así cometía una equivocación tras otra al tratar de identificar el objeto de su anhelo.

En 1917, Lewis ganó una beca para ir a Oxford, pero antes de proseguir sus estudios se alistó en la infantería y marchó al extranjero. Luchó en la batalla de Arras y cayó herido en 1918. Después de su regreso a Oxford en 1919, Lewis obtuvo su licenciatura, en Filología clásica e inglesa, con excelentes calificaciones. En 1925 fue nombrado Tutor y Profesor de Lengua y Literatura inglesa en el Magdalen College, en Oxford, donde enseñaría hasta 1954. J. R. R. Tolkien —autor, más tarde, de *El Señor de los anillos*— fue uno de sus amigos en la universidad. Tolkien era católico y ayudó a Lewis a comprender que, mientras que las «historias paganas no eran más que la expresión de Dios a través de la mente de los poetas», el mito cristiano era algo que «ocurrió realmente», «una verdad convertida en hecho». Ambos dedicarían mucha atención al tema del mito, pero la consecuencia más importante de esta amistad fue la conversión de Lewis al cristianismo en 1931. En su autobiografía, *Cautivado por la alegría* (1955), Lewis se autodescribe como el «converso más reacio de Inglaterra», «con tantos deseos de formar parte de la Iglesia como del zoológico». Aceptó la fe por la clara y simple razón de creer en su verdad. Y con esta creencia en Dios se disipó por fin el viejo misterio de la alegría. Lewis comprendió que la alegría había apuntado siempre hacia Dios. Durante un tiempo pensó que la alegría podía ser un sustituto del sexo. Ahora lo veía al revés: es el sexo lo que frecuentemente sustituye a la alegría.

Hasta aquel momento Lewis había sido un hombre con dotes literarias, pero sin nada que decir. Con su conversión, todo lo que le había frenado desapareció, y los libros llovieron de su pluma. En 1936 publicó *La alegoría del amor*, obra magistral que le valió el renombre de historiador literario erudito, con un estilo refinado y de agradable lectura. Le siguieron otras obras críticas, entre las que se encuentra *A Preface to Paradise Lost*, de 1942. Con todo, es su faceta de apologista cristiano la que le proporcionó mayor fama.

Su habilidad para expresar las verdades del cristianismo con naturalidad le hace único como apologista, tanto en las obras de ficción como en las estrictamente apologéticas. Antes de convertirse, Lewis concebía la razón como el «órgano de la verdad» y la imaginación como el «órgano del sentido». Es decir, veía a la imaginación como una productora de sentido, un medio a través del cual se operaba nuestra recepción de la verdad. La relación entre la razón y la imaginación le resultaba incomprensible antes de convertirse al cristianismo, pero con su conversión llegó a ver claro que podían operar juntas y que a menudo lo hacían. Este hecho tendría enormes consecuencias, ya que su «ficción teológica», si se puede llamar así, es en gran parte resultado de su manera de entender la imaginación como configuradora de sentido y condición necesaria para la verdad. Al captar esta conexión y acercarse al lector unas veces con relatos y otras mediante la apologética, Lewis conseguía complacer a un tiempo al corazón y a la cabeza.

Un ejemplo temprano de ello es la primera de las tres novelas de su *Trilogía cósmica, Más allá del planeta silencioso* (1938). En ella se narra un viaje a Malacandra (Marte), y a través de esta aventura Lewis construye un mito sobre las acciones de Dios en aquel planeta. El autor se muestra teológicamente coherente en toda su ficción. La acusada originalidad de sus relatos reside en sus «suposiciones» teológicas: «¿Y si en Marte hubiera habitantes que hubiesen caído?», «¿Qué ocurriría si Cristo se encarnara en un león en una tierra de animales parlantes?». Con estas suposiciones, Lewis no contradice la doctrina de la iglesia; antes bien, él tenía la esperanza de que sus ficciones aportaran claridad al sentido de aquella. En el primero de estos «libros teológicos de aventuras», *Más allá del planeta silencioso*, Edwin Ransom, un filólogo cristiano, es secuestrado y conducido a Malacandra en una nave espacial por un científico, el doctor Weston. Este cree equivocadamente que sus habitantes practican sacrificios humanos. Ransom aprende pronto el «antiguo solar», lenguaje que se hablaba antes del pecado original, y descubre que, a diferencia del nuestro, este planeta nunca pecó, ni necesitó la Encarnación. Maleldil —para nosotros, Dios— rige el planeta mediante un arcángel. Lewis logra describirnos el ambiente como si se tratara de un lugar real, pero su mayor logro es imaginar una raza de criaturas racionales sin mácula.

El segundo libro de la trilogía se titula *Perelandra* (1943). Ransom realiza un nuevo viaje espacial a Perelandra, que conocemos como Venus. Perelandra se halla aún en su infancia, y sus «Adán» y «Eva» —Tor y Tinidril— son todavía perfectos. El doctor Weston, el científico que había llevado a Ransom a Malacandra, aparece aquí de nuevo. Pronto se comprende que Weston (portavoz del infierno) tiene la intención de provocar que la perelandresa «Eva» desobedezca a Maleldil y experimente así una caída similar a la de nuestra Eva. Ransom se da cuenta de que su misión allí es ayudar a Tinidril a resistir. Ninguna síntesis puede hacer justicia a la obra de concepción tan perfecta y tan excelentemente realizada como esta. *Perelandra* es una obra hermosa, apasiona, pero más importante aún es que Lewis excede incluso a Milton al imaginar una humanidad sin mácula.

A este libro le sigue una tercera novela de aventuras, *Esa horrible fortaleza* (1945), ambientada en la Tierra. Los relatos pueden resultar por sí mismos entretenidos como relatos de aventuras de primera línea, mas la ventaja adicional es que en estas fantasías la teología se halla de tal forma imbricada que muchos lectores terminan adentrándose en el evangelio sin saberlo.

Otra forma ingeniosa en que Lewis logró superar muchos prejuicios contra el evangelio fue su agudo libro *Cartas del diablo a su sobrino* (1942). En ellas, un viejo demonio, Escrutopo, instruye a otro más joven, Orugario, sobre el modo de tentar a un muchacho en la Tierra. Para Escrutopo, Dios es «el Enemigo», mientras que Satanás, por lo mismo, es «nuestro Padre allá abajo». Esta inversión de las cosas supuso para Lewis un trabajo «monótono e irritante». No obstante, para el lector es a la vez divertido e instructivo ver sus pecados y debilidades desde un ángulo tan desacostumbrado. Por ejemplo, al escribir sobre la humildad, Escrutopo le dice a Orugario:

> En consecuencia, debes ocultarle al paciente la verdadera finalidad de la humildad. Déjale pensar que es, no olvido de sí mismo, sino una especie de opinión (de hecho, una mala opinión) acerca de sus propios talentos y carácter [...]. Por este método, a miles de humanos se les ha hecho pensar que la humildad significa mujeres bonitas tratando de creer que son feas y hombres inteligentes tratando de creer que son tontos. Y puesto que lo que están tratando de creer puede ser, en algunos casos, manifiestamente absurdo, no pueden conseguir creerlo, y tenemos la ocasión de mantener su mente dando continuamente vueltas alrededor de sí mismos, en un esfuerzo por lograr lo imposible.

Quizá la mayor ventaja al emplear este ángulo de visión sea la luz que se proyecta sobre Dios. Hablando de nuevo sobre la humildad, Escrutopo dice:

> El Enemigo quiere conducir al hombre a un estado de ánimo en el que podría diseñar la mejor catedral del mundo, y saber que es la mejor, y alegrarse de ello, sin estar más (o menos) o de otra manera contento de haberlo hecho él que si lo hubiese hecho otro. El Enemigo quiere, finalmente, que esté tan libre de cualquier prejuicio a su propio favor que pueda alegrarse de sus propios talentos tan franca y agradecidamente como de los talentos de su prójimo... o de un amanecer, un elefante, o una catarata.

La labor apologética de C. S. Lewis imprimió un aire nuevo a la realizada por la mayoría de los teólogos anglicanos, siendo del todo ortodoxo. Aceptó el carácter sobrenatural de la iglesia en todo su rigor y nunca trató de ser «original». En realidad, tenía una opinión bastante negativa de la originalidad como tal, y sostenía que «la originalidad en el Nuevo Testamento es claramente una prerrogativa exclusiva de Dios [...]. Todo nuestro destino parece ir en la dirección contraria, en ser nosotros mismos lo menos posible [...], en convertirnos en claros espejos que reflejan la imagen de un rostro que no es el nuestro». Al describir su impulso por escribir libros teológicos, Lewis decía que, cuando comenzó, «el cristianismo se presentaba, ante la gran mayoría de mis compatriotas no creyentes, o bien en la forma altamente emocional ofrecida por los predicadores que recorrían el país predicando la fe, o en el lenguaje ininteligible de los clérigos altamente ilustrados. A la mayoría de los hombres no les llegaba ninguno de los dos. Mi tarea ha sido simplemente la de un traductor: explicar la doctrina cristiana, o lo que creía que era tal, en el habla común, que la gente no ilustrada pudiera comprender y al que pudiera prestar atención». A muchos les podrá parecer irónico que C. S. Lewis, que no tenía la menor intención de ser «original», sino que se preocupaba desesperadamente por preservar y transmitir la fe, sea por esta misma razón uno de los teólogos más originales del siglo XX.

De todos los libros teológicos de Lewis, el más representativo, y ciertamente uno de los mejores, es *Mero cristianismo*. Es una recopilación de cuatro series de charlas sobre teología que Lewis impartió a petición de la BBC. Lewis aclara su propósito en el Prefacio:

> Desde que me convertí al cristianismo he pensado que el mejor, y tal vez el único, servicio que puedo prestar a mis prójimos no creyentes es explicar y defender la creencia que ha sido común a casi todos los cristianos de todos los tiempos [...]. Porque no estoy escribiendo para exponer algo que podría llamar «mi religión», sino para exponer el «mero» cristianismo, que es lo que es y era lo que era mucho antes de que yo naciera, me plazca o no.

La primera serie de charlas de *Mero cristianismo* versa sobre lo que está bien y lo que está mal, y nos permite formarnos una idea de la claridad con que Lewis se expresaba. Después de distinguir entre la ley que gobierna a la naturaleza (uno de cuyos casos es la gravitación) y la ley que gobierna al hombre, Lewis dice:

> Cada vez que se encuentra a un hombre que dice que no cree en lo que está bien o lo que está mal, se verá que este hombre se desdice casi inmediatamente [...]. Una nación puede decir que los tratados no son importantes, pero a continuación estropeará su argumento diciendo que el tratado en particular que quiere violar era injusto. Pero si los tratados no son importantes, y si no existe tal cosa como lo que está bien y lo que está mal —en otras palabras, si no hay una ley de la naturaleza—, ¿cuál es la diferencia entre un tratado injusto y un tratado justo? ¿No se han delatado demostrando que, digan lo que digan, realmente conocen la ley de la naturaleza como todos los demás?

Otro ejemplo de la notable habilidad de Lewis para «traducir» un concepto teológico muy difícil en el lenguaje popular aparece en un capítulo sobre la Encarnación. Hablando sobre la sempiterna cuestión de si Jesús fue realmente «Dios o un hombre bueno», Lewis dice:

> Intento con esto impedir que alguien diga la auténtica estupidez que algunos dicen acerca de Él:

«Estoy dispuesto a aceptar a Jesús como un gran maestro moral, pero no acepto su afirmación de que era Dios». Eso es precisamente lo que no debemos decir. Un hombre que fue meramente un hombre y que dijo las cosas que dijo Jesús no sería un gran maestro moral. Sería un lunático —en el mismo nivel del hombre que dice ser un huevo escalfado— o si no sería el mismísimo demonio. Tenéis que escoger. O ese hombre era, y es, el Hijo de Dios, o era un loco o algo mucho peor. Podéis hacerle callar por necio, podéis escupirle y matarle como si fuese un demonio, o podéis caer a sus pies y llamarlo Dios y Señor. Pero no salgamos ahora con insensateces paternalistas acerca de que fue un gran maestro moral. Él no nos dejó abierta esa posibilidad. No quiso hacerlo.

Una de las cosas más renovadoras de la sección «El comportamiento cristiano» en *Mero cristianismo* es que, aun cuando Lewis abogaba por principios morales estrictos, nunca consideró a la moralidad como un fin en sí mismo. En su opinión, la moralidad existe para ser trascendida. Actuamos por deber con la esperanza de que algún día realizaremos los mismos actos espontáneamente y con placer. En *Mero cristianismo* encontramos uno de los mejores ejemplos de la forma en que «traducía» su experiencia de la alegría en términos cristianos. Aparece en un capítulo sobre «La esperanza», donde Lewis contrasta los diferentes modos en que la gente moderna se conduce frente a los anhelos de inmortalidad. Lewis expone lo que él llama «la manera cristiana»:

El cristiano dice: «Las criaturas no nacen con deseos a menos que exista la satisfacción de esos deseos. Un niño recién nacido siente hambre: bien, existe algo llamado comida. Un patito quiere nadar: bien, existe algo llamado agua. Los hombres sienten deseo sexual: bien, existe algo llamado sexo. Si encuentro en mí mismo un deseo que nada de este mundo puede satisfacer, la explicación más probable es que fui hecho para otro mundo. Si ninguno de mis placeres terrenales lo satisface, eso no demuestra que el universo es un fraude. Probablemente los placeres terrenales nunca estuvieron destinados a satisfacerlos, sino solo a excitarlos, a sugerir lo auténtico. Si esto es así, debo cuidarme, por un lado, de no despreciar nunca, o desagradecer, estas bendiciones terrenales, y por otro, no confundirlos con aquello otro de lo cual estos son una especie de copia, o eco, o espejismo. Debo mantener vivo en mí mismo el deseo de mi verdadero país, que no encontraré hasta después de mi muerte; jamás debo dejar que se oculte o se haga a un lado; debo hacer que el principal objetivo de mi vida sea seguir el rumbo que me lleve a ese país y ayudar a los demás a hacer lo mismo».

Otro libro de ficción siguió a las emisiones que dieron nacimiento a *Mero cristianismo*: *El gran divorcio* (1945). Durante mucho tiempo, Lewis se había interesado por la idea, recogida en Prudencio, acerca de un *refrigerium* o «asueto» que a veces se concedía a los que estaban en el infierno. «Aun los espíritus culpables tienen a menudo vacaciones de sus castigos bajo la Estigia», decía Prudencio. En el Prefacio de su libro, Lewis comenta los constantes intentos de «casar» el cielo con el infierno. Esta idea, según dice:

> ... está basada en la creencia de que la realidad no nos depara nunca una alternativa totalmente inevitable; de que, con habilidad, paciencia y tiempo suficientes (sobre todo con tiempo), encontraremos la forma de abrazar los dos extremos de la alternativa; de que el simple progreso, o el arreglo, o la ingeniosidad convertirán de algún modo el mal en bien sin necesidad de consultarnos para rechazar definitiva y totalmente algo que nos gustaría conservar. Considero que esta creencia es un error catastrófico.

Lewis le da a su relato la forma de un sueño en el que a un grupo de hombres y mujeres que están en el infierno se les concede permiso para hacer un viaje hasta las cercanías del cielo. Lewis se incluye en este grupo, y en el momento en que se enfrentan cara a cara con la realidad del cielo se dan cuenta de lo insustanciales que son. Frente a los árboles y la hierba dura como el diamante del cielo, los condenados parecen «manchas con forma humana sobre la claridad del aire». Algunos de los bienaventurados que han conocido en la Tierra salen a su encuentro. Están allí para urgir a los espíritus condenados a que se queden, y les prometen que a su debido tiempo se harán más fuertes y podrán soportarlo. Lewis oye sin querer una serie de conversaciones entre los condenados y los bienaventurados, que no dejan duda de que los condenados eligen realmente el infierno antes que el cielo, de que cada uno de ellos se ha fabricado su propia prisión y ha echado el cerrojo de la puerta por dentro. Su guía le dice: «En última instancia no hay más que dos clases de personas, las que dicen a Dios "hágase Tu voluntad" y aquellas a las que Dios dice, a la postre, "hágase tu voluntad". Todos estos están en el infierno, lo eligen. Sin esta elección individual no podría haber infierno. Ningún alma que desee en serio y lealmente la alegría se verá privada de encontrarla».

No pasó mucho tiempo antes de que Lewis fuese saludado como incuestionable sucesor de G. K. Chesterton. Pero como Chesterton, Lewis intentó cumplir la voluntad de Dios empleando también otros medios aparte de la literatura. Durante los años de la guerra comenzó a prodigarse por entero al servicio de otros cristianos. Además de las emisiones para la BBC, la Fuerza Aérea Real lo reclutó para que recorriera todas las bases del país impartiendo charlas sobre teología. Hubo también otras muchas invitaciones para predicar, escribir, dar conferencias, y él las aceptó todas como parte de su «compromiso en la guerra». Mientras, en casa le esperaba un trabajo aún más duro, que crecía con los años: el correo diario. Recibía cartas de todas las partes del mundo, y solía responder a todas de su puño y letra a vuelta de correo. Nunca sabremos cómo se las arregló para poder hacerlo. La relación completa de sus actos precisa revelar algo que solo se supo después de su muerte: desde que obtuvo los primeros ingresos por sus escritos, dos tercios de sus derechos se destinaban a una institución benéfica en la que intervenía su abogado. La mayor parte se donaba a viudas y huérfanos que vivían, según se sabe, en un estado deplorable.

Se cree a veces que Lewis reservó sus mejores libros para el final. Me refiero, naturalmente, a sus siete *Crónicas de Narnia*, que según parece se ha convertido en una de las obras para niños más populares del mundo. En uno de los primeros de estos cuentos de hadas, *El león, la bruja y el ropero*, Lewis introduce a sus lectores en el país imaginario de Narnia. Es ante todo un mundo de animales parlantes y está gobernado por un rey león llamado Aslan. Es un león de gran sabiduría, severidad y ternura, el más querido de todos los personajes de estos libros. Al explicar lo que había detrás de este acto de audacia extraordinaria haciendo de Aslan un personaje singular de estos libros, Lewis dijo que Aslan era la respuesta a esta cuestión: «Supongan que hubiese un mundo como Narnia y que tuviese necesidad de ser salvado, y que el Hijo de Dios fuese a redimirlo, del mismo modo que vino a redimir el nuestro, ¿cómo podría haber ocurrido todo en aquel mundo?». Audaz o no, la aventura es muy acertada. Algunos lectores reconocen instantáneamente a Cristo en Aslan, y según parece esto les ayuda a amar en Cristo lo que aman en Aslan. Parece que los niños que no logran ver la relación desde el principio obtienen el mismo provecho. De una manera completamente libre e imparcial, podrán descubrir un buen día que las cosas que les gustan y que admiran en Aslan son en realidad propias de Cristo. Ciertamente, Lewis esperaba que se estableciera esta relación. Al final de *La travesía del viajero del alba,* los niños le confían a Aslan que temen regresar a su mundo porque allí no podrán encontrarle. Aslan les dijo que sí estaba en su mundo, «pero allí tengo otro nombre. Tienen que aprender a conocerme por ese nombre. Este fue el motivo por el que se les trajo a Narnia, para que al conocerme aquí durante un tiempo, me pudieran reconocer mejor allí».

Cuando todos los cuentos estuvieron a la venta, Lewis explicó el motivo que le había empujado a escribirlos:

Creía ver de qué forma los cuentos de este tipo podían sortear cierta inhibición que durante mi infancia había paralizado gran parte de mis sentimientos religiosos. ¿Por qué resultaba tan difícil sentir cuando te decían que debías sentir a Dios o compadecerte de los sufrimientos de Cristo? En mi opinión, esto se debía principalmente a que a uno le habían dicho que tenía obligación de hacerlo. La obligación de sentir puede congelar los sentimientos [...]. Pero ¿y si proyectando todo aquello en un universo imaginario, eliminando cualquier asociación con la escuela dominical y las vidrieras de la iglesia, se pudiera conseguir que, por vez primera, aflorase con toda su verdadera potencia? ¿No era posible sortear la vigilancia de aquellos dragones? Creo que se podía».

A pesar de que Lewis fue uno de los conferenciantes de Oxford más populares y de que sus éxitos como literato fueron enormes, nunca recibió la recompensa de una cátedra profesional en su propia universidad. El resentimiento que despertaba su popularidad como apologista cristiano fue, sin duda, el culpable. Con todo, el error de Oxford fue compensado en 1955 por la Universidad de Cambridge cuando esta creó, pensando en Lewis, la cátedra de Literatura inglesa medieval y renacentista. Lewis aceptó el puesto en 1955, convirtiéndose al mismo tiempo en miembro del Magdalen College, en Cambridge. Lewis conservó su casa de Oxford, adonde volvía los fines de semana y en vacaciones.

En esta misma época, Lewis conoció a la poeta americana Joy Davidman Gresham. En 1954 Joy estaba divorciada y vivía en Oxford con sus dos hijos. En 1956, cuando empezaron a estrechar su amistad, a Joy se le diagnosticó un cáncer muy avanzado y grave. Un pastor protestante anglicano los casó en el hospital al año siguiente. Inesperadamente, Joy se repuso y ella y Lewis vivieron juntos varios años de gran felicidad. De este período es el libro *Los cuatro amores* (1960). Al morir Joy en 1960, Lewis quiso reflejar los sentimientos de esta dolorosa pérdida en un breve y conmovedor libro, *Una pena en observación*.

Para entonces, Lewis se había ganado el respeto de toda la comunidad cristiana —católicos y protestantes— por su adhesión a ese «enorme terreno común» de creencias cristianas esenciales y por su negativa a implicarse en disputas sectarias y «riñas teológicas». Pero Lewis había descuidado su propia salud desde su matrimonio. Poco después de terminar su último libro, *Si Dios no escuchase. Cartas a Malcolm*, sufrió un ataque al corazón en julio de 1963 y estuvo en coma durante veinticuatro horas. Una vez recobrado, pasó los pocos meses que le quedaban escribiendo a unos viejos amigos. «No puedo dejar de sentir lástima al haber vuelto a la vida», le dijo a uno de ellos. «Después de haber sido conducido tan suavemente y sin ningún dolor hasta la Puerta, resulta duro ver que se cierra ante las propias narices, sabiendo que habré de pasar otra vez por el mismo proceso algún día, y ¡quizás de una forma mucho menos placentera! ¡Pobre Lázaro! Pero Dios sabe lo que hace». Lewis murió pacíficamente en su casa, en Oxford, el 22 de noviembre de 1963. Pocos hombres estuvieron tan bien preparados.

SOBRE *EL DIABLO PROPONE UN BRINDIS*
Y OTROS ENSAYOS.

Esta recopilación de obras cortas de C. S. Lewis contiene algunos de sus mejores escritos. Después del enorme éxito obtenido con *Cartas del diablo a su sobrino* en 1942, Lewis recibió a menudo insistentes pedidos de que escribiese más *Cartas*. Mas él no estaba muy dispuesto a ello. Tener que retorcer su mente para ponerse en la «actitud diabólica» le había resultado extenuante. Sin embargo, tuvo a veces la vaga idea de escribir un «discurso» al estilo de Escrutopo. Una petición de la revista americana *The Saturday Evening Post* «inclinó la balanza» y escribió *El diablo propone un brindis*. Apareció el 19 de diciembre de 1959 en *The Saturday Evening Post*, luego en *Las cartas del diablo a su sobrino y El diablo propone un brindis* (1961), y finalmente en esta recopilación que Lewis estaba trabajando cuando falleció.

El editor inglés decidió no utilizar el Prefacio que Lewis había escrito originalmente para esta recopilación y lo sustituyó por otro. La razón de esta decisión estriba en que Lewis admitía que la «tendencia en la educación» que él deploraba en el *Brindis* había ido más lejos en los Estados Unidos que en cualquier otra parte. En realidad, lo que Escrutopo describía era la educación estadounidense, aunque con el paso de los años las ideas de Escrutopo sobre la educación «democrática» se habían generalizado y eran pocas las naciones occidentales en las que no hubiesen fructificado. Refiriéndose a este tipo de educación en su Prefacio original, Lewis decía:

> A mi modo de ver, la educación debería ser democrática en un sentido, y no debería serlo en otro. Debería ser democrática en su accesibilidad —sin distinción alguna de sexo, color, clase, raza o religión—, para todos los que puedan —y quieran— aceptarla diligentemente. Pero una vez que los jóvenes están dentro de la escuela no se debe hacer ningún intento para establecer un igualitarismo fáctico entre los holgazanes y torpes de un lado, y los inteligentes e industriosos del otro. Una nación moderna necesita una clase muy numerosa de gente genuinamente educada, y formarla es la función básica de escuelas y universidades. Bajar el nivel o enmascarar las desigualdades es fatal.

«El círculo cerrado» sirvió de discurso conmemorativo anual en el King's College de la Universidad de Londres, el 14 de diciembre de 1944. Aquellos que deseen conocer más acerca de «círculos cerrados» los hallarán bellamente ilustrados en la novela de Lewis *Esa horrible fortaleza*, aunque él creía que no era preciso ir tan lejos para encontrarlos.

«¿La teología es poesía?» y «La perseverancia en la fe» fueron trabajos que Lewis leyó en el Club Socrático de la Universidad de Oxford. El Club Socrático fue fundado en 1941 como un foro para la discusión, entre creyentes y no creyentes, de los pros y los contras de la religión cristiana. C. S. Lewis fue su primer presidente y durante muchos años el orador más popular de este importante club de Oxford. El club atrajo multitudes enormes que acudían principalmente para presenciar la discusión sobre la fe entablada por Lewis con los ateos. «¿La teología es poesía?» fue leído en el club el 6 de noviembre de 1944, y se publicó por primera vez en *The Socratic Digest,* vol. 3 (1945). «La perseverancia en la fe» fue leído en una reunión del club el 30 de abril de 1953, y se publicó por primera vez en *The Sewanee Review,* vol. LXIII (otoño de 1955).

«Transposición» se leyó en el sermón del día de Pentecostés en la capilla de Mansfield College, en Oxford, en 1944. Se publicó por primera vez en *Transposición y otros discursos* (1949). Era muy raro que Lewis volviera sobre lo escrito para modificarlo. Sin embargo, era tal la importancia que asignaba a la idea que ocultaba este término, que jamás cejó en el intento de clarificarlo todavía más. En 1961, su editor comenzó a preparar un volumen con sus ensayos y Lewis determinó que «Transposición» ocupase un lugar de preferencia. Según su costumbre, pensó que sería útil para la explicación combinar la apologética con el relato. La «fábula» de la madre y el hijo es parte de la modificación añadida a «Transposición» en 1961. Esta versión más larga del ensayo se publicó primeramente en la obra de Lewis *They Asked for a Paper* (1962).

«El peso de la gloria» es un sermón pronunciado en Vísperas Solemnes en la iglesia de Santa María Virgen (siglo XII) el 8 de junio de 1941. Santa María es la iglesia de la Universidad de Oxford, y en la época en que Lewis predicó allí ya era tan conocida que atrajo a una de las congregaciones más numerosas de los tiempos modernos.

«La obra bien hecha y las buenas obras» fue escrito para la Asociación Católica de Arte y apareció en su publicación trimestral *Good Work* vol. XXIII, núm. 1 (1959). Más tarde fue publicado en *La última noche del mundo y otros ensayos*.

«*Lapsus linguae*» fue el último sermón pronunciado por Lewis. Lo leyó en Vísperas en el Magdalen College, en Cambridge, el 29 de enero de 1956.

Walter Hooper

PREFACIO

C. S. Lewis terminó de reunir los ensayos de este libro poco antes de su muerte, ocurrida el 22 de noviembre de 1963. Está dedicado casi por completo a la religión, y los trabajos de que consta proceden de diversas fuentes. Algunos de ellos aparecieron en *They Asked for a Paper* (Geoffrey Bles, Londres 1962, 21s.), una colección entre cuyos temas se incluía la literatura, la ética y la teología. *El diablo propone un brindis* fue publicado por vez primera en Gran Bretaña como parte de un libro llamado *Cartas del diablo y El diablo propone un brindis* (Geoffrey Bles, Londres 1962, 12s. 6d), que constaba de las originales *Cartas del diablo*, el *Brindis* y un nuevo prefacio de Lewis. Entretanto, *El diablo propone un brindis* había aparecido ya en Estados Unidos, primero en forma de artículo en *The Saturday Evening Post*, y después, en 1960, en la colección *La última noche del mundo* (Harcourt Brace and World, Nueva York).

En el nuevo prefacio para *Cartas del diablo y El diablo propone un brindis*, que reimprimimos en este libro, Lewis explica el proyecto y nacimiento del *Brindis*. Sería completamente erróneo llamar a esta arenga Nuevas Cartas del Diablo. Lo que Lewis describe como técnica de «ventriloquía diabólica» continúa presente en esta obra: las luces del diablo son nuestras sombras, es decir, debemos temer todo lo que él acoge complacientemente. Sin embargo, a pesar de que la forma siga siendo en buena medida la misma, desaparece la afinidad con las *Cartas* originales. Estas se ocupan fundamentalmente de la vida moral del individuo, mientras que el núcleo de las pesquisas del *Brindis* es más bien respetar y fomentar la inteligencia de los jóvenes y las jóvenes.

Al final del prefacio escrito para *They Asked for a Paper* escribe Lewis lo siguiente: «Dado que estos artículos fueron compuestos en diferentes épocas a lo largo de los últimos veinte años, ciertos pasajes suyos, en los que algunos lectores pueden encontrar reminiscencias de mi última obra, tienen en realidad un carácter anticipatorio o embrionario. He terminado por convencerme de que esas coincidencias parciales no son objeciones definitivas contra la reimpresión». Nosotros nos alegramos también de que se convenciera de la conveniencia de la presente publicación de su colección de ensayos sobre temas religiosos.

J. E. G.

NOTA PRELIMINAR

C. S. LEWIS: ENTRE LA BELLEZA, LA VERDAD Y EL BIEN

LA COMPLEJIDAD DE *El diablo propone un brindis* —un conjunto de ensayos sobre asuntos diversos compuestos por el autor en épocas diferentes y con objetivos distintos— puede inducir al lector a considerar la obra como carente de unidad. La lectura detenida de sus páginas, en las que sobresalen por igual la belleza del estilo y el rigor de las ideas, permite descubrir, no obstante, una unidad superior a la diversidad aparente. La pluralidad temática no significa necesariamente dispersión de contenido. Ni la indagación de objetos diferentes supone invocar en cada caso principios contradictorios entre sí. Las grandes ideas sobre el hombre y el mundo pueden iluminar, convenientemente moduladas para cada caso, distintas zonas oscuras de lo real.

La coherencia de la obra se ha de buscar, pues, en la recurrencia de las mismas nociones, no en el desarrollo monótono del mismo asunto.

Cada uno de los ensayos, tanto los de mayores pretensiones teóricas —«¿Es poesía la teología?», «La perseverancia en la fe» o «El peso de la gloria»— como los más específicamente literarios —«El círculo cerrado»—, se levanta sobre el suelo firme de una concepción unitaria del hombre. A continuación trataré de exponer brevemente sus rasgos esenciales.

El atributo peculiar de la persona es su condición de novedad radical. «"La vieja sabiduría" [...] "nada es nuevo bajo el sol ni en los subsoles" [...] sería verdad si el hombre no fuera persona [...] sería propia de una sabiduría en que todavía la persona no se ha puesto en marcha, en que la persona está limitada o reducida en su ser u obturada en su libertad, no está salvada...».[1] Un ser así, irrepetible e insustituible, inexplicable de forma satisfactoria con la noción de invariancia reproductiva —es decir, sin tener en cuenta la idea de creación—,[2] se caracteriza por su capacidad de innovar, de dar de sí, de añadir: por no limitarse a mantener un equilibrio homeostático con el medio.

Para referirse a la índole personal del hombre, C. S. Lewis se sirve habitualmente de las nociones de individuo e individualidad. Por individuo no entiende el escritor irlandés el hombre desligado de vínculos y reducido a la condición de átomo social para el que cualquier forma

---

1. L. Polo, «El Hombre en la Empresa: Trabajo y Retribución», en *Empresa y Humanismo, Cuadernos de Extesión*, n.° 1, Universidad de los Andes, Santiago de Chile, p. 28.

2. *Cf.* J. K. Ratzinger, «Der Mensch zwischen Reproduktion und Schöpfung. Theologische Fragen zum Ursprung des menschlkhen Lebens», en R. Löw (Hg.), *Bioethik*, Communio, Colonia 1990, pp. 28-47.

de comunidad —familia, amistad, Estado— significa una superestructura extraña impuesta desde fuera. Frente a la vieja concepción liberal, la individualidad es para Lewis un modo de expresar la índole personal del hombre. Con ella se alude especialmente a su irrepetibilidad, novedad e insustituibilidad. La tarea del diablo, tal como queda expuesta en el ensayo que da título a la obra,[3] consiste precisamente en despersonalizar al hombre, rebajarlo a la condición de elemento indiferenciado de una humanidad masificada. «Solo los individuos —afirma el diablo en su discurso— se pueden salvar o condenar, llegar a ser hijos del Enemigo o alimento nuestro». Por eso recomienda a los jóvenes tentadores la necesidad de propagar ideas como la de odio a la libertad, o la de que «el destino de las naciones es más importante que el de las almas individuales». Ambas se oponen frontalmente a la persona como fin en sí mismo.

El ser personal se halla instalado en la realidad de un modo peculiar. Liberado de la necesidad de responder mecánicamente a las solicitaciones del medio, está dotado de libertad para adoptar una actitud lúcida y responsable ante el entorno. Ello le permite abrirse al mundo y descubrir horizontes de incondicionalidad,[4] es decir, dimensiones absolutas de lo real, cuya validez no está sujeta a condiciones. Como su vigencia no depende de requisito

---

3. *El diablo propone un brindis,* pp. 33-58.
4. *Cf.* R. Spaemann, «Was ist philosophische Ethik», en *Ethik-Lesebuch. Von Platón bis Heute,* Piper, Munich-Zurich 1987, pp. 9-23.

alguno, son realidades de las que no se puede disponer. Constituyen, pues, la frontera de los pactos posibles. Los tres ámbitos fundamentales de incondicionalidad son la verdad, la belleza y el bien.

La intrínseca pertenencia del hombre a la verdad aparece de un modo o de otro en la mayoría de los ensayos. Unas veces como afirmación resuelta de la anterioridad temporal y ontológica del pensamiento sobre la materia. La razón no es, como afirma el evolucionismo, un subproducto imprevisto e involuntario de la materia no inteligente en un estadio de su infinito y ciego devenir. Esta doctrina, que se debe distinguir cuidadosamente de la teoría de la evolución,[5] incurre en flagrante contradicción, pues, de un lado, subordina la razón a la materia —o la considera un derivado suyo— y, de otro, mantiene que el funcionamiento y devenir del universo material sigue desde el principio leyes estrictamente racionales. «Solo si podemos estar seguros de que, en la más remota nebulosa o en el lugar más alejado, la realidad obedece las leyes del pensamiento humano tal como el científico las ejerce aquí y ahora en su laboratorio —en otros términos, únicamente si existe una Razón absoluta—, cabrá evitar el hundimiento de esa concepción».[6] En otras ocasiones, como rechazo de la identidad entre mente y cerebro. Si

5. La aguda distinción establecida por Lewis entre teoría de la evolución y evolucionismo goza actualmente de reconocimiento general. *Cf.* R. Löw «Antbropologtsche Grundlagen einer christlischen Bioethik», en *Bioethik*, ed. cit., pp. 11-12.
6. «¿La teología es poesía?», pp. 75-97.

el pensamiento se identificara con el funcionamiento del cerebro, o fuera una especie de secreción suya, no habría modo de explicar la diferencia entre la verdad y el error. «Si la mente depende por completo del cerebro, el cerebro de la bioquímica y la bioquímica (a la larga) del flujo sin sentido de los átomos, me resulta imposible entender cómo puede tener el pensamiento un significado distinto del sonido del viento entre los árboles».[7] Otras veces, en fin, como reivindicación del carácter hegemónico de la razón, de su condición de guía luminosa capaz de aprehender la dimensión absoluta de las cosas llamada verdad. Ni siquiera la Teología se puede construir sin la contribución de la razón al descubrimiento de la verdad. «Quienes aceptan la teología no se guían necesariamente por el gusto, sino por la razón». Eso no supone reducirla a un saber meramente natural al margen de la fe. Una cosa así significaría, ante todo, privarla de su fundamento. Pero, además, supondría desconocer que la propia fe permite percibir más nítidamente la verdad de las cosas y acceder a la Verdad. «Creo en el cristianismo como creo que ha salido el sol: no solo porque lo veo, sino porque gracias a él veo todo lo demás».[8]

Con parecida claridad pone de manifiesto Lewis la índole incondicional de la belleza y la esencial relación del hombre con ella. Tampoco la belleza es una realidad de la que se pueda disponer a capricho, sino un ámbito

7. Ibíd., p. 96.
8. Ibíd., p. 97.

de incondicionalidad universalmente válido. La concepción kantiana de lo bello como «lo que place sin interés»[9] recoge magníficamente esa cualidad. Lewis la descubre en su condición de símbolo del anhelo humano de eternidad. «La naturaleza es mortal; nosotros la sobreviviremos».[10] «No existe gente *corriente*. Nunca has hablado con un simple mortal. Las naciones, culturas, artes, civilizaciones... ellas sí son mortales, y su vida es a la nuestra como la vida de un mosquito. Son inmortales aquellos con los que bromeamos, con los que trabajamos, nos casamos, nos desairamos y de quienes nos aprovechamos...».[11] El deseo humano de alcanzar la gloria, de merecer la aprobación de Dios, ser acogido y conocido por Él, se manifiesta frecuentemente como afán de belleza. «No queremos simplemente *ver* la belleza... Queremos algo más que difícilmente podemos explicar con palabras: unirnos con la belleza que vemos, bañarnos en ella, ser parte de ella».[12]

En ocasiones se ha pretendido reducir la vinculación del hombre con el reino de lo bello a una cuestión meramente accidental. Por eso se ha insistido en la posibilidad de suprimirla. Ciertos acontecimientos históricos especialmente crueles entrañarían, al parecer, un alejamiento definitivo de la belleza. De ahí que Adorno considerara una actitud bárbara seguir escribiendo poesía después de

9. I. Kant, *Kritik der Urtheilskraft*, en *Kants Werke*, Akademie Textausgabe, Walter de Gruyter, Berlín 1968, Band V, p. 211.
10. «El peso de la gloria», p. 160.
11. Ibíd., pp. 162–63.
12. Ibíd., p. 159.

Auschwitz. Sin embargo, identificar la reparación de injusticias históricas o aberraciones políticas del pasado con la prohibición de crear belleza supone desconocer que «el hombre es un animal poético y no toca nada que no haya adornado».[13] En su trato con la realidad a través de los tiempos —«el mundo se te ofrecerá para que lo descubras» (F. Kafka)—, el hombre ha ido dejando vestigios de su vinculación esencial con lo bello. «El cazador salvaje hace un arma de piedra o de hueso [...]. Su mujer fabrica un recipiente de barro para traer agua [...]. Ninguno de los dos tardará mucho tiempo, si es que no lo han hecho desde el principio, en decorar los objetos fabricados. Ambos quieren, como Dogberry, que "sean hermosas todas las cosas a su alrededor"».[14]

Tan estrecha como la relación del hombre con la verdad y la belleza es la que mantiene con el bien. El carácter incondicional de la bondad se manifiesta en el uso absoluto del término «bueno»[15] y en la validez universal de los principios morales. Condenar al inocente, someter al hombre a tortura, quitarle la vida o privarlo de sus derechos inalienables, que le pertenecen como persona, son ejemplos de acciones reprobables de suyo. Ninguna situación histórica, peculiaridad cultural o razón política puede suprimir su irrestricta validez. Lewis descubre la incondicionalidad

---

13. «¿La teología es poesía?», p. 84.
14. «La obra bien hecha y las buenas obras», p. 167.
15. *Cf.* R. Spaemann, *Mor duche Grundbegriffe,* C. H. Beck, Munich 1986, pp. 11-23.

del bien en la superioridad moral del amor sobre el mero desinterés.[16] Frente a la ética kantiana y estoica, el autor irlandés sitúa el fundamento de la moralidad en el amor. La razón fundamental para ello se halla en que el amor, además de no ser un principio meramente negativo como el interés, significa promover el bien del otro.[17] De ahí que la actividad humana se haya de realizar siempre dentro de los límites de la bondad. No solo es preciso, pues, hacer bien las cosas, sino hacer lo que es bueno.[18]

La verdad, la belleza y el bien constituyen, como acabamos de ver, horizontes de incondicionalidad en los que el hombre se halla instalado. Eso hace de él un «ser lleno de méritos que habita poéticamente sobre la tierra» (F. Hölderlin). Esa soberbia concepción constituye el hilo conductor de los excelentes ensayos de C. S. Lewis que ahora se ofrecen al lector de lengua española.

José Luis del Barco

---

16. «El peso de la gloria», p. 116.
17. *Cf.* R. Spaemann, *Glück und Wohlwollen,* Kleu-Cotta, Stuttgart 1989, pp. 123-141.
18. «La obra bien hecha y las buenas obras», p. 136.

EL DIABLO PROPONE
UN BRINDIS

Más de una vez me han pedido o aconsejado que continuara las primitivas *Cartas del diablo a su sobrino*. Sin embargo, durante muchos años no he sentido la menor inclinación a hacerlo. A pesar de no haber escrito nunca nada más fácilmente, jamás hice algo con menos placer. La facilidad derivaba, sin duda alguna, de que el recurso de las cartas al diablo explota espontáneamente después de haberlo pensado, como los grandes y pequeños hombres de Swift, la filosofía ético-médica de «Erewhon» y la Piedra Gañida de Anstey. Si damos rienda suelta a ese ardid, nos arrebatará a lo largo de cientos de páginas. Aunque fue fácil retorcer la propia mente para penetrar en la actitud diabólica, no supuso diversión hacerlo, o al menos no durante mucho tiempo. El esfuerzo producía una especie de calambre espiritual. El mundo en el que debía proyectarme mientras hablaba a través del diablo era basura, cascajo, sed y sarna. Fue preciso excluir todo vestigio de belleza, frescura y genialidad. Casi llegó a ahogarme antes de haberlo hecho, y hubiera ahogado a mis lectores si lo hubiera prolongado.

Además de todo ello, guardaba cierto rencor contra mi libro por no ser una obra tan diferente que nadie pudiera escribir. Idealmente, el consejo del diablo a Orugario podría haber sido equilibrado por la sugerencia arcangélica al ángel custodio del paciente. Sin ello, la imagen de la vida humana resulta desproporcionada. Mas, ¿quién podría suplir la deficiencia? Incluso si algún hombre —y debería ser mucho mejor que yo— pudiera trepar a las alturas espirituales requeridas, ¿qué «estilo responsable» podría usar? El estilo formaría parte realmente del contenido. El mero consejo no sería bueno. Cada una de las frases debería tener el aroma del cielo. Pero hoy día no se permitiría una cosa así aunque se escribiera una prosa como la de Trahernes, pues el canon del «funcionalismo» ha incapacitado a la literatura para la mitad de sus funciones. (En el fondo, cualquier ideal de estilo no establece exclusivamente cómo deberíamos decir las cosas, sino también qué cosas deberíamos decir).

Posteriormente, conforme fueron pasando los años y la sofocante experiencia literaria de las *Cartas* se fue tornando un débil recuerdo, empezaron a ocurrírseme ideas sobre diferentes cuestiones que parecían exigir de algún modo un tratamiento como el de las cartas del diablo. Con todo, estaba resuelto a no escribir otra *Carta*. La idea de algo así como una conferencia o un «discurso» rondaba vagamente alrededor de mi cabeza. A veces me olvidaba de ella, otras la traía a la memoria, pero nunca me puse a escribirla. Entonces llegó una invitación de *The Saturday Evening Post* y apreté el gatillo.

C. S. L.

La escena tiene lugar en el infierno durante el banquete anual de la Academia de Entrenamiento de Tentadores para jóvenes Diablos. El rector, doctor Babalapo, acaba de brindar a la salud de los convidados. Escrutopo, el invitado de honor, se pone en pie para responder:

«Señor rector, su inminencia, sus desgracias, espinas, sombríos y gentilesdiablos míos:

En ocasiones como esta, el orador se suele dirigir principalmente a aquellos de ustedes recientemente graduados que serán destinados muy pronto a Tentadurías Oficiales en la Tierra. Sigo esa costumbre gustosamente. Recuerdo muy bien con qué inquietud aguardaba yo mi primer destino. Espero y creo que cada uno de ustedes sentirá esta noche el mismo desasosiego. Tienen delante de ustedes toda una carrera. El infierno espera y exige que sea, como fue la mía, una serie ininterrumpida de éxitos. En caso contrario, ya saben lo que les aguarda.

No tengo la menor intención de reducir el saludable y realista elemento de terror ni la incesante ansiedad, que harán de látigo y aguijón de sus esfuerzos.

¡Cuántas veces envidiarán a los humanos su capacidad de dormir! Al propio tiempo desearía ofrecerles, sin embargo, una visión moderadamente halagüeña de la situación estratégica en su conjunto.

En un discurso lleno de advertencias, su temido rector ha incluido una especie de apología del banquete preparado por nosotros. Bien, gentilesdiablos, nadie se *lo* reprocha. Sería vano, empero, negar que las almas humanas con cuya congoja nos hemos regalado esta noche eran de bastante mala calidad. Ni siquiera el hábil arte culinario de nuestros atormentadores podría mejorar su insulsez.

¡Ay! ¡Quién pudiera hincarle de nuevo el diente a un Farinara, un Enrique VIII o incluso un Hitler! En todos ellos había algo crujiente, algo que masticar. Todos tenían una furia, un egoísmo y una crueldad solo superadas por la nuestra propia. Cualquiera de esas cualidades ofrecía una deliciosa resistencia a ser devorada. Alegraban las entrañas cuando nos las tragábamos.

En lugar de ello, ¿qué hemos tenido esta noche? Ha habido una autoridad municipal con salsa de corrupción. Pese a todo, personalmente no he podido descubrir en ella el sabor de la avaricia verdaderamente apasionada y cruel característica de los grandes magnates del siglo pasado, fuente de deleite para nosotros. ¿Acaso no era inequívocamente un hombre insignificante, un producto de esas despreciables tajadas incautadas en privado con un chiste vulgar y negadas en público con los lugares comunes más gastados, un sucio y pequeño cero a la izquierda llevado a la corrupción casi sin darse cuenta, más que nada porque los demás lo eran? Después ha habido una tibia cacerola de adúlteros. ¿Han podido encontrar en ella la menor huella de lujuria realmente inflamada, provocadora, rebelde e insaciable? Yo no. A mí me supieron todos a imbéciles hambrientos de sexo caídos o introducidos en camas ajenas como respuesta automática a anuncios incitantes, o para sentirse modernos y liberados, reafirmar su virilidad o «normalidad», o simplemente porque no tenían nada mejor que hacer. A mí, que he saboreado a Messalina y Casandra, me resultaban francamente nauseabundos. El sindicalista aderezado con Faramalla estuvo tal vez un poquito mejor. Al menos él había hecho verdadero daño y contribuido de forma no completamente involuntaria a que hubiera derramamientos de sangre, al hambre y la supresión de la libertad. En cierto modo sí. ¡Pero en qué modo! El sindicalista estimaba muy poco estos objetivos finales. Acatar la línea del partido, darse importancia y, especialmente, la mera rutina dominaron realmente su vida.

Lo importante viene ahora. Todo esto es gastronómicamente deplorable. Espero, no obstante, que la gastronomía no sea lo primero para ninguno de nosotros. En cambio, ¿no es esperanzador y prometedor en otro sentido mucho más serio?

Consideremos en principio la mera cantidad. La calidad puede ser ínfima. Sin embargo, nunca hemos tenido almas, ni siquiera de tan baja calidad, en mayor abundancia.

Y luego el triunfo. Estamos tentados a decir que esas almas —o esos charcos residuales de lo que una vez fueron almas— difícilmente son dignos de condenarse. Sí, pero el Enemigo (por alguna razón inescrutable y perversa) las consideraba dignas de salvarse. Créanme, las estimaba así. Los más jóvenes de ustedes, aquellos que no han entrado todavía en servicio activo, no tienen idea del esfuerzo y la exquisita destreza empleados para capturar finalmente a cada una de estas miserables criaturas.

La dificultad estriba en su insignificancia y debilidad. Eran parásitos con una mente tan confundida, con unas reacciones tan pasivas frente al entorno, que resultaba muy difícil elevarlos al nivel de claridad y deliberación que puede alcanzar el pecado mortal. Era preciso levantarlos lo suficiente, pero no ese milímetro fatal de «demasiado», pues después de haberlo hecho se hubiera echado a perder probablemente todo. Podrían haberse dado cuenta o haberse arrepentido. Por otro lado, si los hubiéramos elevado muy poco, como criaturas no idóneas ni para el cielo ni para el infierno, muy probablemente hubieran merecido el limbo. Hubieran sido cosas a las que, habiendo fracasado en vencer los obstáculos, se les permite hundirse para siempre en una infrahumanidad más o menos satisfecha.

Es muy difícil, por no decir imposible, que las criaturas en cuestión sean plenamente responsables desde el punto de vista espiritual de cada elección individual de lo que el Enemigo podría llamar el «mal» camino. No entienden ni el motivo ni el verdadero carácter de las prohibiciones que están quebrantando. Su conciencia apenas existe aparte de la atmósfera social que los rodea. Y, naturalmente, nosotros hemos logrado que su lenguaje sea confuso y borroso. Un *soborno* en la profesión de otra persona es una *propina* o un *regalo* en la suya. La primera tarea de sus tentadores consistía en convertir mediante repeticiones continuas la elección del camino del infierno en un hábito. Pero luego (y esto era lo verdaderamente importante) fue preciso transformar el hábito en un principio que la criatura estuviera dispuesta a defender. Después de esto todo iría bien. La conformidad con el entorno social, meramente mecánica e instintiva al principio —¿cómo podría no conformarse una *gelatina*?—, se torna un credo no reconocido o un ideal de solidaridad, de ser como los demás. La mera ignorancia de la ley violada se convierte ahora en una vaga teoría sobre ella —recuerden que no saben nada de historia—, en una doctrina expresada con los términos «moralidad» *convencional*, *puritana* o *burguesa*. Así comienza a existir gradualmente en el centro de la criatura un núcleo sólido, compacto y arraigado, una firme resolución a continuar siendo lo que es, e, incluso, a hacer frente a estados de ánimo que podrían alterarlo. Es un núcleo insignificante, no reflexivo en absoluto (son demasiado ignorantes) ni provocador (lo excluye su pobreza emocional e imaginativa), remilgado o solemne a su modo, como un guijarro o un cáncer incipiente. Pero será útil para nuestro propósito. Finalmente se producirá un rechazo real y deliberado, aunque no completamente articulado, de lo que el Enemigo llama gracia.

Se trata, pues, de dos fenómenos beneficiosos. En primer lugar, la abundancia de capturas por nuestra parte. Aunque la comida sea insípida, no corremos peligro de pasar hambre. En segundo lugar, el triunfo. La habilidad de nuestros tentadores no ha sido nunca tan grande. La tercera moraleja, que todavía no he extraído, es, no obstante, la más importante de todas.

El tipo de almas con cuya desesperación y ruina nos hemos... no diré regalado, pero por lo menos nutrido esta noche, está aumentando en número y continuará haciéndolo. Los informes del Mando Inferior así lo aseguran, y nuestras directrices nos advierten que orientemos nuestras tácticas de acuerdo con esa situación. Los grandes pecadores, que dedicaron una inmensa energía de la voluntad a objetos aborrecidos por el Enemigo y cuyas intensas y geniales pasiones fueron fomentadas más allá de todo límite, no desaparecerán. Pero disminuirán considerablemente. Nuestras capturas serán cada vez más numerosas. Sin embargo, consistirán en desperdicios que en otro tiempo hubiéramos arrojado a Cerbero y a los perros de presa del infierno como no aptas para el consumo diabólico. Quiero que entiendan dos cosas al respecto. En primer lugar que, aun cuando pueda parecer deprimente, es realmente un cambio a mejor. En segundo lugar, quisiera dirigir su atención hacia los medios empleados para conseguirlo.

Es un cambio a mejor. Los grandes (y suculentos) pecadores están hechos de la misma sustancia que esos horribles hombres llamados santos egregios. La desaparición virtual de un material así puede significar comida insípida para nosotros. Ahora bien, ¿no es absoluta frustración y hambre para el Enemigo? Él no creó a los humanos —no se hizo uno de ellos ni murió torturado en medio de los hombres— para producir candidatos para el limbo, humanos «malogrados». Él quería hacer santos, dioses, cosas semejantes a Él. ¿No es la insulsez de nuestra comida actual un precio muy pequeño por el delicioso conocimiento de que su gran experimento no está dando resultado? Y no solo eso. Conforme disminuyan los grandes pecadores y la mayoría pierda toda individualidad, los primeros se convertirán en agentes mucho más eficaces para nosotros. Cada dictador o demagogo —la mayoría de las estrellas de cine y de cantantes— podrá arrastrar ahora consigo decenas de miles de ovejas del rebaño humano. Se entregarán (lo que hay de ellos) a él, y a través de él a nosotros. Vendrá un tiempo seguramente en que, salvo para esa minoría selecta, no tendremos necesidad de preocuparnos en absoluto de la tentación *individual*. Si atrapamos el cabestro, el rebaño entero vendrá tras él.

¿Entienden cómo hemos conseguido reducir buena parte de la raza humana al nivel de los números? No ha sucedido accidentalmente. Ha sido nuestra respuesta —¡una magnífica respuesta!— a uno de los más serios desafíos que hayamos tenido que afrontar jamás. Permítanme recordarles cuál era la situación humana en la segunda mitad del siglo XIX, la época en que dejé de ser tentador activo y fui recompensado con un cargo administrativo. El gran movimiento hacia la libertad y la igualdad entre los hombres había producido por entonces sólidos frutos. En aquel tiempo ya había madurado. La esclavitud había sido abolida. La Guerra de la Independencia Americana había triunfado. La Revolución Francesa se había impuesto. La tolerancia religiosa crecía por doquier. En este movimiento hubo originariamente muchos elementos a nuestro favor. En él se mezclaban el ateísmo, el anticlericalismo, la envidia y sed de venganza e incluso algunos intentos (bastante absurdos) de reavivar el paganismo. No era fácil determinar cuál debía ser nuestra propia actitud. Por un lado, fue un golpe duro para nosotros —todavía lo es— ver cómo los hombres antes hambrientos estaban ahora alimentados, o los que habían llevado cadenas durante mucho tiempo se habían liberado de ellas. Por otro lado, sin embargo, en el movimiento hubo un gran rechazo de la fe, mucho materialismo, secularismo y odio, cuyo fomento sentíamos como obligación nuestra.

A finales de siglo la situación era mucho más simple y también considerablemente más amenazadora. En el sector inglés, donde presté la mayor parte de mis servicios de primera línea, había ocurrido algo horrible. El Enemigo se había apropiado con su habitual destreza de gran parte de este movimiento progresista o liberador y lo había pervertido para sus propios fines. Quedaba muy poco de su viejo anticristianismo. Cundía el peligroso fenómeno llamado socialismo cristiano. Los propietarios de fábricas de los buenos tiempos pasados, que se enriquecieron a costa del sudor de los trabajadores, eran desaprobados por su propia clase en lugar de ser asesinados por los obreros —eso podía habernos sido útil—. Los ricos renunciaban progresivamente a su poder obedeciendo a sus conciencias, no como consecuencia de la resolución o la fuerza. Los pobres, beneficiarios de esta situación, se comportaban de modo casi decepcionante. En lugar de utilizar sus nuevas libertades, como nosotros esperábamos y suponíamos razonablemente, para la masacre, la violación, el pillaje o incluso para emborracharse continuamente, se entregaron perversamente a hacerse más limpios, ordenados, frugales, educados e incluso virtuosos. Creedme, gentilesdiablos, la amenaza de algo semejante a una situación social realmente saludable parecía entonces muy grave.

La amenaza fue conjurada gracias a nuestro Padre de las Profundidades. Nuestro contraataque se llevó a cabo en dos niveles. En el más profundo, nuestros dirigentes lograron poner plenamente en actividad un elemento implícito en el movimiento desde sus primeros días. Oculto en el corazón de la lucha por la libertad había también un profundo odio a la libertad personal. Un hombre inestimable, Rousseau, fue el primero en ponerlo de manifiesto. En su democracia perfecta solo está permitida, como recordarán, la religión del Estado, se restaura la esclavitud y al individuo se le dice que quiere realmente (aunque no lo sepa) todo lo que el Gobierno le dice que haga. Desde el punto de partida vía Hegel, otro imprescindible propagandista de nuestra causa, urdimos fácilmente el estado nazi y el comunista. Incluso en Inglaterra tuvimos bastante éxito. Hace unos días oí que en ese país un hombre no podía cortar sin permiso un árbol de su propiedad con su propia hacha, ni hacer tablones con él utilizando su propia sierra, ni utilizarlos para construir en su propio jardín un cobertizo para guardar las herramientas.

Ese fue nuestro contraataque en un determinado nivel. A ustedes, que son meros principiantes, no se les confiarán trabajos de ese tipo. Se les destinará como tentadores de personas particulares. Nuestro ataque adopta contra ellas, o a través de ellas, una forma diferente.

La palabra con que deben tenerlos agarrados por las narices es *democracia*. El buen trabajo realizado ya por nuestros expertos filólogos en la corrupción del lenguaje humano hace innecesario advertirles que no se les deberá permitir nunca dar a esta palabra un significado claro y definible. La verdad es que no lo harán. Nunca se les ocurrirá pensar que *democracia* es en realidad el nombre de un sistema político, incluso de un sistema de votación, cuya conexión con lo que están intentando venderles es muy remota. Tampoco se les deberá permitir nunca plantear la pregunta de Aristóteles acerca de si «el comportamiento democrático» significa el comportamiento que gusta a los demócratas o el que preserva la democracia, pues si lo hicieran sería difícil evitar que se les ocurriese pensar que ambas cosas no coinciden necesariamente.

Deben utilizar la palabra puramente como un conjuro, o, si prefieren, por su poder de venta exclusivamente. Es un nombre que veneran, y está conectado, por supuesto, con el ideal político de que los hombres debieran ser tratados de forma igualitaria. Después deberán hacer una sigilosa transición en sus mentes desde este ideal político a la creencia efectiva de que todos los hombres *son* iguales, especialmente aquel del que se están ocupando. Pueden usar la palabra *democracia*, pues, para sancionar en su pensamiento el más vil (y también el menos deleitable) de todos los sentimientos humanos. No les será difícil conseguir que adopte, sin vergüenza y con una sensación agradable de autoaprobación, una conducta que sería ridiculizada universalmente si no estuviera protegida por la palabra mágica. El sentimiento a que me refiero es, naturalmente, aquel que induce a un hombre a decir «soy tan bueno como tú». La primera y más evidente ventaja de ese sentimiento es inducirle a entronizar en el centro de su vida una útil, sólida y clamorosa falsedad. No quiero decir simplemente que la afirmación indicada sea falsa de hecho, que su bondad, honestidad y sentido común sean tan distintos de los de los demás como su estatura o la medida de su cintura. Quiero decir que ni él mismo la cree. Nadie que dice «soy tan bueno como tú» se lo cree. Si lo hiciera, no lo diría. El San Bernardo no se lo dice nunca al perro de juguete, ni el escolar al zopenco, el trabajador al holgazán o la mujer hermosa a la carente de atractivo. Fuera del campo estrictamente político, la declaración de igualdad es hecha exclusivamente por quienes se consideran a sí mismos inferiores de algún modo. La afirmación expresa, precisamente, la lacerante, hiriente y atormentadora conciencia de una inferioridad que se niega a aceptar el que la padece. Precisamente por eso se agravia. Por lo mismo, siente resentimiento ante cualquier género de superioridad de los demás, la desacredita y desea su aniquilación. Sospecha, incluso, que las meras diferencias son exigencias de superioridad. Nadie debe ser diferente de él ni por su voz, vestidos, modales, distracciones o gustos culinarios. «Alguien habla español más clara y eufónicamente que yo. Debe tratarse de una afectación vil, altanera y cursi. Este tipo dice que no le gustan los perritos calientes. Sin duda se cree demasiado bueno para comerlos. Un hombre no ha puesto el tocadiscos. Debe ser uno de esos intelectuales, y lo hace para presumir. Si fueran tipos como deben ser, serían como yo. No tienen derecho a ser diferentes. Es antidemocrático».

Este útil fenómeno no es nuevo en modo alguno. Los humanos lo han conocido desde hace siglos bajo el nombre de envidia. Mas hasta ahora lo habían considerado siempre el más odioso y ridículo de los vicios. Quienes eran conscientes de sentirla lo hacían con vergüenza. Quienes no lo eran, la detestaban en los demás. La deliciosa novedad de la situación actual consiste en la posibilidad de sancionarla, convertirla en actitud respetable —e, incluso, encomiable— merced al uso hipnotizador de la palabra *democrático*.

Bajo la influencia de este encantamiento, quienes son inferiores en algún sentido —o en todos— pueden trabajar con más entusiasmo y mayor éxito que en ninguna otra época para rebajar a los demás a su mismo nivel. Pero esto no es todo. Bajo el mismo influjo, quienes se aproximan —o podrían aproximarse— a una humanidad plena retroceden de hecho ante ella por temor a ser antidemocráticos. He recibido información fidedigna de que los jóvenes humanos reprimen un gusto incipiente por la música clásica o la buena literatura porque eso podría impedirles ser como todo el mundo. Personas que desearían realmente ser honestas, castas o templadas —y a las que se les ha brindado la gracia que les permitiría serlo— lo rehúsan. Aceptarlo podría hacerlas diferentes, ofender el estilo de vida, excluirlos de la solidaridad, dificultar su integración en el grupo. Podrían —¡horror de los horrores!— convertirse en individuos.

Todo ello queda resumido en la oración elevada a Dios, según se dice, por una joven humana: «¡Oh Señor! ¡Haz de mí una muchacha normal del siglo XX!». Gracias a su trabajo, esto significará cada vez más «haz de mí una descarada, una imbécil y un parásito».

Mientras tanto, como un magnífico subproducto, la minoría (más exigua cada vez) que se niegue a ser normal y corriente, como todo el mundo, integrada tiende a convertirse poco a poco en un grupo de presumidos y extravagantes. La chusma los hubiese considerado así en cualquier caso, pues la sospecha crea a menudo el objeto de la sospecha. («De igual modo que, haga lo que haga, los vecinos me van a considerar un brujo o un agente comunista, también podría ser tildado de oveja, y llegar a serlo en realidad, a pesar de ser cordero»). Como consecuencia, ahora tenemos una intelectualidad que, a pesar de su reducido número, es muy útil para la causa del infierno.

Esto es, pese a todo, exclusivamente un subproducto. Quiero que fijen su atención en el vasto movimiento general hacia el descrédito y, en última instancia, la eliminación de cualquier género de excelencia humana: moral, cultural, social e intelectual. ¿No es hermoso observar cómo la *democracia* (en el sentido encantador) está haciendo ahora para nosotros el mismo trabajo —y con los mismos métodos— realizado en otro tiempo por las dictaduras más antiguas? Recordarán que uno de los dictadores griegos, que entonces llamaban «tiranos», envió un emisario a otro dictador para pedirle consejo sobre los principios de gobierno. El segundo dictador condujo al mensajero a un campo de maíz, y allí cortó con su bastón la copa de los tallos que sobresalían un par de centímetros por encima del nivel general. La moraleja era evidente: no tolerar preeminencia alguna entre los súbditos, no permitir que viva nadie más sabio, mejor, más famoso y ni siquiera más hermoso que la masa, cortarlos todos por el mismo nivel, todos esclavos, todos ceros a la izquierda, todos «don nadies», todos iguales. Así podría el tirano ejercer la «democracia» en cierto sentido. Pero ahora la «democracia» puede hacer el mismo trabajo, sin otra tiranía que la suya propia. Nadie necesita en la actualidad penetrar en el campo de maíz con un bastón. Los propios tallos pequeños cortarán las copas de los grandes. Incluso los grandes están comenzando a cortar las suyas movidos por el deseo de ser como todos los tallos.

He dicho que conseguir la condenación de estas mezquinas almas, de criaturas que prácticamente han dejado de ser individuos, es un trabajo laborioso y difícil. Pero si se emplean la habilidad y esfuerzo convenientes, pueden tener absoluta confianza en el resultado. Los grandes pecadores *parecen* más fáciles de atrapar. Pero luego son imprevisibles. Después de haberlos dirigido durante setenta años, el Enemigo puede arrebatárnoslos de las garras en el septuagésimo primero. Los grandes pecadores son capaces, créanme, de auténtico arrepentimiento, pues son conscientes de su verdadera culpabilidad. Si las cosas se tuercen, están dispuestos a desafiar la presión social del entorno por amor al Enemigo como antes estuvieron a desafiarla por nosotros. En cierto sentido es más difícil seguir la huella y aplastar una avispa huidiza que pegarle un tiro a un elefante salvaje situado a corta distancia. Pero el elefante es más peligroso si fallan.

Mi propia experiencia procede básicamente, como ya he dicho, del sector inglés. Todavía recibo más noticias de él que de ningún otro. Es posible que lo que voy a decir ahora no se pueda aplicar completamente a los sectores en que puedan estar actuando algunos de ustedes. Siempre podrán, no obstante, hacer los ajustes necesarios cuando lleguen allí. Es prácticamente seguro que tendrá alguna aplicación. Si es muy escasa, deberán esforzarse para hacer que el país del que se estén ocupando se parezca a lo que ya es Inglaterra.

En ese prometedor país, el espíritu expresado en la fórmula «soy tan bueno como tú» se ha convertido ya en algo más que una influencia de índole generalmente social. Comienza a abrirse camino en el sistema educativo. No podría decir con seguridad hasta dónde han llegado sus efectos en el momento presente. Tampoco importa. Tan pronto como se hayan percatado de la tendencia, podrán predecir fácilmente su evolución futura, especialmente si se tiene en cuenta que nosotros mismos jugaremos un importante papel en ella. El principio básico de la nueva educación ha de ser evitar que los zopencos y gandules se sientan inferiores a los alumnos inteligentes y trabajadores. Eso sería «antidemocrático». Las diferencias entre los alumnos se deben disimular, pues son obvia y claramente diferencias *individuales*. Conviene hacerlo en los diferentes niveles educativos. En las universidades, los exámenes se deben plantear de modo que la mayoría de los estudiantes consiga buenas notas. Los exámenes de admisión deben ser organizados de manera que todos o casi todos los ciudadanos puedan ir a la universidad, tanto si tienen posibilidades (o ganas) de beneficiarse de la educación superior como si no. En las escuelas, los niños torpes o perezosos para aprender lenguas, matemáticas o ciencias elementales pueden dedicarse a hacer las cosas que los niños acostumbran a realizar en sus ratos libres. Dejémosles que hagan pasteles de barro, por ejemplo, y llamémosle modelar. En ningún momento debe haber, no obstante, el menor indicio de que son inferiores a los niños que están trabajando. Sea cual sea la tontería que los mantenga ocupados, debe gozar —creo que en español se usa ya la expresión— de «paridad de estima». No es imposible urdir un plan aún más drástico. Los niños capacitados para pasar a la clase superior pueden ser retenidos artificialmente en la anterior, pues, de no hacerlo, los demás podrían sufrir un *trauma* —¡qué utilísima palabra, por Belcebú!— al quedar rezagados. Así pues, el alumno brillante permanece democráticamente encadenado a su grupo de edad durante todo el período escolar. Un chico capaz de acometer la lectura de Esquilo o Dante permanece sentado escuchando los intentos de sus coetáneos de deletrear «Mi mamá me mima».

En resumen, podemos esperar razonablemente la abolición virtual de la educación cuando el lema «soy tan bueno como tú» se haya impuesto definitivamente. Los incentivos para aprender y los castigos por no hacerlo desaparecerán. A la minoría que pudiera desear aprender se le impedirá hacerlo. ¿Quiénes son ellos para descollar sobre sus compañeros? De cualquier modo, los profesores —¿debería decir acaso niñeras?— estarán muy ocupados alentando a los zopencos y dándoles palmaditas en la espalda para no perder el tiempo en la verdadera enseñanza. Y no será preciso hacer planes ni fatigarse para propagar entre los hombres la presunción imperturbable y la ignorancia incurable. Los pequeños gusanos lo harán por nosotros.

Nada de esto sucederá, por supuesto, a menos que toda la educación llegue a ser estatal. Pero todo llegará. Es parte del mismo movimiento. Impuestos durísimos, ideados con ese propósito, están liquidando la clase media, que estaba dispuesta a ahorrar, gastar y hacer sacrificios para educar a sus hijos en instituciones privadas. La supresión de esta clase, además de beneficiar la abolición de la educación, es afortunadamente un efecto inevitable del espíritu que afirma «soy tan bueno como tú». Esa clase fue, a la postre, el grupo social que dio a los humanos la mayoría abrumadora de sus científicos, médicos, filósofos, teólogos, poetas, artistas, compositores, arquitectos, juristas y administradores. Si alguna vez ha habido un manojo de tallos elevados cuyas cabezas fuera preciso cortar, ha sido sin duda alguna ese. Como observaba no hace mucho un político inglés: «La democracia no quiere grandes hombres».

Sería ocioso preguntar a una criatura así si por «querer» entiende «necesitar» o «gustar». Sería conveniente que ustedes lo tuvieran claro, pues aquí surge de nuevo la pregunta de Aristóteles.

En el infierno veríamos con gusto la desaparición de la democracia en el sentido estricto de esa palabra: el sistema político llamado de ese modo. Como todas las formas de gobierno, la democracia trabaja a menudo en beneficio nuestro. Pero, por lo general, con menos frecuencia que las demás. Debemos tener en cuenta que «democracia» en sentido diabólico («soy tan bueno como tú», ser como todo el mundo, solidaridad) es el más refinado instrumento de que podríamos disponer para extirpar las democracias políticas de la faz de la Tierra. La razón está en que la «democracia» o el «espíritu democrático» (en sentido diabólico) da lugar a una nación sin grandes hombres, integrada básicamente por iletrados, fláccida moralmente por falta de disciplina entre los jóvenes, llena de la petulancia que la adulación engendra en la ignorancia y blanda por los mimos recibidos durante toda la vida. El infierno desea que sean así los pueblos democráticos, pues cuando una nación como esa entra en conflicto con otra en la que se ha enseñado a los niños a trabajar en la escuela, el talento ocupa los puestos elevados y a la masa ignorante no le está permitido opinar sobre los asuntos públicos, solo cabe un resultado.

Cierta democracia se sorprendía recientemente al descubrir que Rusia la había adelantado en el terreno de la ciencia. ¡Qué delicioso ejemplo de ceguera humana! ¿Cómo esperar que sobresalgan sus científicos cuando la tendencia general de la sociedad se opone a cualquier género de excelencia?

Nuestra función consiste en alentar la conducta, las costumbres, la actitud intelectual general de la que gozan y disfrutan las democracias, pues esas cosas son verdaderamente las que la destruirán si no les ponemos freno. Seguramente se admirarán de que los propios humanos no se den cuenta de ello. Aun cuando no lean a Aristóteles (eso sería antidemocrático), sería lógico pensar que la Revolución Francesa les hubiera enseñado que la conducta preferida por los aristócratas no es la que preserva la aristocracia. Podríamos haber aplicado, pues, el mismo principio a todas las formas de gobierno.

Pero no quisiera acabar en este tono. No desearía fomentar en sus mentes —¡no lo permita el infierno!— el engaño que ustedes deben promover cuidadosamente en la de sus víctimas humanas. Me refiero a la ilusoria idea de que el destino de las naciones es *en sí mismo* más importante que el de las almas individuales. El derrocamiento de los pueblos libres y la multiplicación de estados esclavizados son solamente medios para nosotros (además, por supuesto, de ser divertido). El verdadero fin es la destrucción de los individuos. Solo los individuos se pueden salvar o condenar, llegar a ser hijos del Enemigo o alimento nuestro. Para nosotros, el valor último de las revoluciones, las guerras o el hambre consiste en la angustia, traición, odio, rabia y desesperación individuales que puedan originar. «Soy tan bueno como tú» es un medio útil para la destrucción de las sociedades democráticas. Sin embargo, tiene un valor mucho más profundo como fin en sí mismo, como estado de ánimo que, al excluir necesariamente la humildad, la caridad, la satisfacción y los placeres de la gratitud o la admiración, aparta al individuo de la senda que podría conducirlo finalmente al cielo.

Ahora viene la parte más agradable de mi misión. Me ha caído en suerte proponer un brindis en nombre de los invitados a la salud del rector Babalapo y de la Academia de Entrenamiento de Tentadores. Llenen sus copas. ¿Qué es lo que veo? ¿Qué es este delicioso aroma que aspiro? ¿Es posible? Me desdigo, señor rector, de mis duras palabras sobre la cena. Veo y huelo que la bodega de la Academia tiene todavía, incluso bajo condiciones bélicas, algunas docenas de excelente Fariseo añejo. Bien, bien, bien. Todo esto es como en los viejos tiempos. Manténganlo un momento bajo sus narices, gentilesdiablos. Álcenlo a la luz. Contemplen las ardientes venas retorcidas de dolor y enredadas en su negro corazón como si estuvieran luchando. Y efectivamente lo están. ¿Saben cómo se elabora este vino? Para conseguir su delicado sabor ha sido necesario cosechar, pisar y fermentar conjuntamente diferentes tipos de Fariseo. Todos ellos fueron completamente antagónicos en la Tierra. Unos fueron todo normas, reliquias y rosarios. Otros trajes amarillentos, caras largas y mezquinas abstinencias tradicionales. Ambos coincidían en su común santurronería y en la distancia casi infinita que establecían entre su verdadera actitud y lo que es o manda el Enemigo. La maldad de las demás religiones era la doctrina verdaderamente viva de la suya. Su evangelio era la calumnia, y la denigración su letanía. ¡Cómo se odiaban unos a otros allí arriba donde brilla el sol! ¡Cuánto más se odiarán ahora que están unidos —pero no reconciliados— para siempre! Su asombro, resentimiento por la mezcla, el enconamiento de su rencor eternamente impenitente obrará como el fuego al pasar a nuestra digestión espiritual. Será un mal día para nosotros, amigos míos, si lo que la mayoría de los humanos entiende por religión llega a desaparecer alguna vez de la Tierra. Todavía puede enviarnos los más deliciosos pecados. La delicada flor de la atrocidad solo puede crecer cerca de la santidad. En ningún lugar tentamos con tanto éxito como en los mismos peldaños del altar.

Su inminencia, sus desgracias, espinas, sombríos y gentilesdiablos míos: ¡Brindo por el rector Babalapo y la Academia!».

EL CÍRCULO CERRADO

¿PUEDO LEERLES UNAS cuantas líneas de *Guerra y paz*, de Tolstoi?

En el momento de entrar Borís, el príncipe Andréi, entornados despectivamente los ojos —con esa especial expresión de cansada cortesía que dice abiertamente: «No hablaría con usted si no tuviese la obligación de hacerlo»—, escuchaba a un viejo general ruso con muchas condecoraciones que, casi de puntillas, estirado, con el rostro enrojecido y una casi humilde expresión obsequiosa, informaba de algo al príncipe Andréi.
—Muy bien… Tenga la bondad de esperar —dijo al general en ruso, pero con pronunciación francesa que empleaba cuando quería expresar desdén; al darse cuenta de la presencia de Borís, dejó de atender al general (que seguía suplicándole que lo escuchara) y lo saludó alegremente. En ese instante Borís comprendió con toda claridad lo que presentía desde el principio: que en el ejército, además de la subordinación y la disciplina escrita

en los reglamentos, enseñada en el regimiento y tan conocida por él, existía otra subordinación más esencial: la que obligaba al general, de rostro cárdeno y abotagado, a esperar respetuosamente, mientras que un capitán, el príncipe Andréi, encontraba más oportuno, para satisfacción propia, charlar con el subteniente Drubetskói. Ahora más que nunca Borís hizo firme propósito de obedecer esa subordinación no escrita, y no la fijada en los reglamentos.[1]

Cuando invitan a un moralista de mediana edad a dirigirse a ustedes, supongo que debo concluir, por muy improbable que parezca la conclusión, que les gusta el moralismo de mediana edad. Me esforzaré al máximo para complacerlo. De hecho, les daré un consejo acerca del mundo en el que van a vivir. Con esto no quiero decir que voy a intentar realizar una charla acerca de los llamados temas de actualidad. Probablemente ustedes sepan tanto de ellos como yo. No voy a decirles —excepto de una forma tan general que apenas lo reconocerán— qué papel deben jugar en la reconstrucción posterior a la guerra. No es, de hecho, muy probable que ninguno de ustedes sea capaz, en los próximos diez años, de realizar ninguna contribución directa a la paz o a la prosperidad de Europa. Estarán ocupados buscando trabajos, casándose, adquiriendo información. Voy a hacer algo más pasado de

---

1. Parte III, capítulo 9 (*Guerra y paz*. Barcelona: El Aleph, 2010).

moda de lo que quizá ustedes esperen. Voy a darles consejos. Voy a emitir advertencias. Consejos y advertencias acerca de cosas que son tan perennes que nadie puede llamarlas «temas de actualidad».

Y, por supuesto, todo el mundo sabe de lo que un moralista de mediana edad de mi clase advierte a los más jóvenes que él. Les advierte en contra del mundo, de la carne y del diablo. Pero por hoy será suficiente con uno de este trío. Al diablo lo dejaré rigurosamente solo. La asociación entre él y yo en la mente pública ya ha llegado más lejos de lo que yo habría deseado; en algunas dependencias ya ha alcanzado el nivel de la confusión, si no de la identificación. Comienzo a darme cuenta de la verdad del viejo refrán que dice que quien con lobos anda a aullar aprende. En cuanto a la carne, deben de ser ustedes unos jóvenes muy poco normales si no saben tanto de ella como yo. Pero sobre el mundo creo que tengo algo que decir.

En el pasaje que acabo de leer de Tolstoi, el joven subteniente Borís Drubetskói descubre que en el ejército existen dos sistemas o jerarquías diferentes. Uno está impreso en cierto librito rojo y cualquiera puede leerlo con facilidad. También se mantiene constante. Un general siempre es superior a un coronel, y un coronel lo es a un capitán. El otro no está impreso en ningún lado. Ni siquiera es una sociedad secreta organizada formalmente con reglas que se te harán saber después de haber sido admitido. Nunca eres admitido formal y explícitamente por nadie. Poco a poco descubres, de un modo casi indefinible, que existe y que tú te encuentras fuera, y más adelante, quizá, que te encuentras dentro. Hay lo que correspondería a contraseñas, pero son demasiado espontáneas e informales. Las marcas son una jerga particular, el uso de apodos particulares, una manera de conversación alusiva. Pero no es constante. No es fácil, ni siquiera en cierto momento, decir quién está dentro y quién fuera. Algunas personas están dentro de manera obvia y otras, obviamente fuera, pero siempre hay varios en el límite. Y si regresas a la misma sede de la división, o de la brigada, o al mismo regimiento, o incluso a la misma compañía después de seis semanas de ausencia, puede que te encuentres esta segunda jerarquía bastante alterada. No hay admisiones o expulsiones formales. La gente piensa que está dentro después de que en realidad se les haya expulsado, o antes de haberles permitido entrar; esto proporciona un gran regocijo a los que están realmente dentro. No tiene un nombre fijo. La única norma segura es que los de dentro y los de fuera lo llaman por nombres diferentes. Desde dentro tal vez se designe, en casos simples, por mera enumeración; puede que se llame «tú, Tony y yo». Cuando es muy seguro y relativamente estable en la membresía, se llama a sí mismo «nosotros». Cuando se debe expandir repentinamente para suplir una emergencia particular, se hace llamar «todas las personas sensibles de este lugar». Desde fuera, si ya has desesperado por entrar, lo llamas «esa pandilla», o «ellos», o «fulano de tal y sus amigos», o «la cuadrilla» o «el círculo cerrado». Si eres un candidato para la admisión, probablemente no lo llamarás de ninguna manera. Discutir con los demás que están fuera te haría sentirte fuera a ti mismo. Y mencionarlo al hablar con el hombre que está dentro, y que quizá pueda ayudarte a entrar si la presente conversación sale bien, sería una locura.

Aunque yo lo haya descrito bastante mal, espero que todos puedan reconocer aquello que describo. Por supuesto, no es que ustedes hayan estado en el ejército ruso, y quizá en ningún otro ejército. Pero se han encontrado con el fenómeno de un círculo cerrado. Han descubierto uno en su colegio mayor antes de terminar el primer semestre. Y cuando consiguieron escalar hasta un lugar cercano a finales del segundo año, tal vez descubrieron que dentro del círculo había otro aún más interno, que a su vez era el exterior del gran círculo de la facultad del cual los círculos de los colegios mayores solo eran satélites. Incluso es posible que el círculo de la facultad esté casi en contacto con un círculo de los profesores. Apenas comienzan, de hecho, a quitarle las capas a la cebolla. Y aquí, además, en su universidad… ¿me equivocaría al suponer que en este mismo momento, invisibles para mí, en esta sala hay presentes varios círculos, ya sean sistemas independientes o círculos concéntricos? Y puedo asegurarles que en cualquier hospital, posada de la corte, diócesis, escuela, negocio o universidad al que lleguen después de terminar la carrera, encontrarán estos círculos: los que Tolstoi llama sistemas secundarios o no escritos.

Todo esto es bastante obvio. Me pregunto si dirán lo mismo de mi siguiente paso, que viene a continuación. Creo que en las vidas de todos los hombres en ciertos periodos, y en las vidas de muchos hombres en todos los periodos entre la infancia y la extrema vejez, uno de los elementos más dominantes es el deseo de estar dentro del círculo local y el terror de ser dejado fuera. Este deseo, en una de sus formas, en realidad le ha supuesto una gran justicia a la literatura. Es decir, en forma de esnobismo. La ficción victoriana está llena de personajes atormentados por el deseo de entrar en ese círculo particular que se llama, o se llamaba, sociedad. Pero debe quedar bien claro que «sociedad», en ese sentido de la palabra, simplemente es uno de los cientos de círculos y que el esnobismo, por lo tanto, solo es una forma de desear estar dentro. La gente que cree que es libre, y que en realidad es libre, del esnobismo, y quienes leen sátiras sobre el esnobismo con tranquila superioridad, tal vez estén devorados por el deseo de otra forma. Puede que sea la misma intensidad de su deseo de entrar en algún círculo diferente lo que los vuelva inmunes a las tentaciones de la buena vida. La invitación de una duquesa sería un consuelo muy frío para un hombre dolido bajo el sentimiento de exclusión de cierta camarilla o comunidad artística. Pobre hombre: no son los grandes salones iluminados, o la champaña, ni siquiera los escándalos de sus compañeros y de los ministros del Gabinete lo que él quiere; es el pequeño ático o estudio sagrado, las cabezas inclinadas a la par, la neblina del humo del tabaco y el delicioso conocimiento de que nosotros —nosotros cuatro o cinco que nos arrimamos en torno a esta estufa— somos los que *sabemos*. A menudo, el deseo se esconde tan bien que difícilmente reconocemos los placeres de la fruición. Los hombres no solo les dicen a sus esposas, sino a ellos mismos, que es un sacrificio quedarse hasta tarde en la oficina o en la escuela para realizar cierto trabajo extra importante que se les ha encomendado porque ellos, y fulano de tal, y los otros dos, son las únicas personas del lugar que realmente saben cómo sacarlo adelante. Sin embargo, no es del todo cierto. Por supuesto, supone un aburrimiento espantoso que la vieja Fatty Smithson te lleve a un aparte y te susurre: «Mire, de alguna manera hemos conseguido introducirle en este registro», o «Charles y yo vimos en seguida que usted tiene que estar en este comité». Un aburrimiento terrible… ah, ¡pero mucho más terrible habría sido si nos hubieran dejado fuera! Es agotador y poco saludable perder las tardes de los sábados, pero tenerlas libres porque no importas, eso es mucho peor.

Freud diría, sin duda, que todo resulta ser un subterfugio del impulso sexual. Me pregunto si no es que a veces le hemos dado la vuelta a la tortilla. Me pregunto si, en las épocas de promiscuidad, mucha de la virginidad no se habría perdido menos en obediencia a Venus que en obediencia al atractivo de la camarilla. Porque, por supuesto, cuando la promiscuidad es la moda, los castos se quedan fuera. Ignoran algo que otra gente sabe. No han sido iniciados. Y al igual que para las cuestiones más livianas, el número de los que fumaron o se emborracharon por primera vez por razones similares probablemente sea muy grande.

Ahora debo hacer una distinción. No voy a decir que la existencia de los círculos cerrados sea un mal. Es ciertamente inevitable. Debe haber discusiones confidenciales, y no solo no es algo malo, es (en sí mismo) algo bueno que la amistad personal crezca entre aquellos que trabajan juntos. Y quizá sea imposible que la jerarquía oficial de cualquier organización coincida en gran parte con sus trabajadores reales. Si la gente más sabia y activa mantiene invariablemente los puestos más altos, puede coincidir; como a menudo no lo hacen, debe haber personas en las altas posiciones que en realidad sean pesos muertos y personas en las posiciones inferiores que son más importantes de lo que les llevaría a suponer su rango y antigüedad. En ese sentido, el segundo sistema no escrito tenderá a crecer. Es necesario, y tal vez no sea un mal necesario. Pero el deseo que nos empuja hacia los círculos cerrados es otra cosa. Algo puede ser neutro moralmente y aun así el deseo de ello ser peligroso. Como dijo Byron:

Es dulce una herencia, y aprobada dulzura
la inesperada muerte de una dama anciana.

La muerte indolora de un familiar piadoso de avanzada edad no es un mal. Pero un ferviente deseo en sus herederos de que se muera no se considera un sentimiento apropiado, y la ley desaprueba hasta el intento más discreto de acelerar su partida. Dejemos que los círculos cerrados sean una característica inevitable e incluso inocente de la vida, aunque en verdad no sean hermosos; ¿pero qué hay de nuestro deseo de entrar en ellos, nuestra angustia cuando se nos excluye y la clase de placer que sentimos cuando entramos?

No tengo derecho a hacer suposiciones acerca del grado en el que cualquiera de ustedes pueda estar ya comprometido. No debo suponer que en alguna ocasión primero han desatendido, para finalmente librarse de ellos, amigos a los que en realidad amaban y que deberían haberles durado toda una vida, para cortejar la amistad de aquellos que les parecían más importantes, más del círculo secreto. No debo preguntar si alguna vez han obtenido verdadero placer de la soledad y la humillación de los que estaban fuera después de haber entrado ustedes; si han hablado con otros miembros del círculo en presencia de alguno que estaba fuera simplemente para que sintiera envidia; si los medios por los que, en sus días de prueba, propiciaron el círculo cerrado fueron siempre totalmente admirables. Solo haré una única pregunta, y esta es, por supuesto, una pregunta retórica que no espera respuesta. ¿En toda su vida como ahora la recuerdan, el deseo de estar en el lado correcto de esa línea invisible les ha impulsado alguna vez a hacer o decir algo a lo que, en las frías horas de una noche en vela, puedan echar la vista atrás con satisfacción? Si así es, su caso es más afortunado que el de la mayoría.

Pero dije que iba a darles consejos, y los consejos tienen que ver con el futuro, no con el pasado. Me he referido al pasado solo para despertarles a lo que creo que es la naturaleza real de la vida humana. No creo que el motivo económico y el erótico cuenten para todo lo que pasa en lo que nosotros los moralistas llamamos el mundo. Aunque le añadiesen la ambición, creo que la imagen sigue siendo incompleta. La codicia por lo secreto, el deseo de estar dentro, toma muchas formas que no son fácilmente reconocibles como ambición. Esperamos, sin duda, los beneficios tangibles de todo círculo cerrado en el que ingresamos: poder, dinero, libertad para romper reglas, exención de los deberes rutinarios, evasión de la disciplina. Pero todo esto no nos satisfará si no conseguimos, además, la deliciosa sensación de intimidad secreta. Sin duda es muy cómodo saber que no tenemos necesidad de temer reprimendas oficiales de nuestro superior porque él es el viejo Percy, nuestro compañero en el círculo. Pero no valoramos la intimidad solo en honor de esa comodidad; de un modo parecido valoramos la comodidad como una prueba de la intimidad.

Mi propósito principal en esta exposición simplemente es convencerles de que este deseo es uno de los grandes motores permanentes de toda acción humana. Es uno de los factores que conforman el mundo tal y como lo conocemos: este caótico desorden de lucha, competición, confusión, trampas, decepciones y propaganda; y, si es uno de los motores permanentes, entonces deben estar bastante seguros de esto. A menos que tomen medidas para prevenirlo, este deseo va a ser uno de los motivos principales de su vida, desde el primer día que entren en su profesión hasta el día en que sean demasiado viejos como para que les importe. Eso sería lo natural: la vida que les llegará por su propia voluntad. Cualquier otra clase de vida, si la dejan, será el resultado de un esfuerzo consciente y continuo. Si no hacen nada, si se dejan llevar por la corriente, se encontrarán efectivamente en un «círculo cerrado». No digo que vayan a estar en uno de éxito; eso puede ser. Pero, ya sea suspirando y lamentándose fuera de círculos en los que nunca pueden entrar o llegando más y más lejos triunfalmente, de un modo u otro serán esa clase de hombre.

Ya he dejado bastante claro que pienso que es mejor que ustedes no sean esa clase de hombre. Pero tienen que tener la mente abierta en esta cuestión. Así que sugiero dos razones para pensar como yo.

Sería educado, caritativo y, en vista de su edad, también razonable suponer que ninguno de ustedes es un sinvergüenza. Por otro lado, por mera ley de probabilidad (no estoy diciendo nada contra el libre albedrío) es casi seguro que al menos dos o tres de ustedes se habrán convertido en algo muy parecido a sinvergüenzas antes de su muerte. En esta sala debe de haber, al menos, los ingredientes para ese número de egoístas sin escrúpulos, traicioneros y despiadados. La elección sigue estando frente a ustedes, y espero que no se tomen mis duras palabras acerca de su posible carácter futuro como una muestra de falta de respeto a su carácter presente. Y la profecía que hago es esta. Para nueve de cada diez de ustedes, la elección que los conducirá a la sinvergonzonería no llegará, cuando llegue, de la mano de colores espectaculares. Obviamente, los hombres malos, los que van amenazando o sobornando, casi seguro que no aparecerán. Alrededor de una taza de café, disfrazado de trivialidad e intercalado entre un par de bromas, de los labios de un hombre o de una mujer que han comenzado a conocer recientemente y que esperan conocer mejor en el futuro —justo en el momento en que estén más preocupados por no parecer brutos, ingenuos o gazmoños—, llegará la insinuación. Será la insinuación de algo que no estará del todo de acuerdo con las reglas técnicas del juego limpio; algo que el público, ignorante y romántico, nunca comprendería; algo sobre lo cual los de fuera de su propia profesión son propensos a montar un alboroto; pero algo que, en palabras de nuestro nuevo amigo, «nosotros —e intenten no ruborizarse de puro gusto ante la palabra *nosotros*— siempre hacemos». Y se verán atraídos, si son sensibles a esa atracción, no por el deseo de ganancia o de comodidades, sino simplemente porque en ese momento, cuando la taza está tan cerca de sus labios, no pueden permitirse ser empujados de nuevo al frío mundo exterior. Sería terrible ver el rostro del otro hombre —ese rostro genial, confidencial, deliciosamente sofisticado— volverse de repente frío y desdeñoso, saber que han sido probados para el círculo cerrado y han sido rechazados. Y entonces, si son atraídos, la siguiente semana será algo todavía un poco más lejos de las reglas, y el año siguiente algo aún más lejos, pero todo con el espíritu más alegre y amistoso. Puede que terminen en un colapso, un escándalo, trabajos forzados; puede que resulte en ganancia de millones, un título de nobleza y entrega de premios en tu vieja escuela. Pero serás un sinvergüenza.

Esa es mi primera razón. De todas las pasiones, la pasión por el círculo cerrado es la más hábil para hacer que un hombre que aún no es un hombre muy malo haga cosas muy malas.

Mi segunda razón es esta. La tortura asignada a las danaides en el inframundo clásico (la de intentar llenar de agua un tonel agujereado) es el símbolo no de un vicio, sino de todos los vicios. Es la misma marca de un deseo perverso que busca lo que no se ha de tener. El deseo de estar dentro de la línea invisible ilustra esta regla. Mientras estén gobernados por ese deseo nunca conseguirán lo que quieren. Están intentando pelar una cebolla; si tienen éxito no quedará nada. A menos que venzan el miedo a ser parte de los de fuera, seguirán siendo de los de fuera.

Esto queda muy claro cuando uno se para a pensar en ello. Si quieren librarse de un determinado círculo por alguna razón saludable —si, digamos, quieren unirse a una agrupación musical porque realmente les gusta la música—, hay una posibilidad de satisfacción. Tal vez se encuentren tocando en un cuarteto y quizá lo disfruten. Pero si todo lo que quieren es estar en la cresta de la ola, su placer tendrá una vida corta. El círculo no puede tener desde dentro el encanto que tiene desde fuera. Por el mismo hecho de admitirlos ya ha perdido su magia. Una vez se ha desgastado la novedad, los miembros de este círculo no serán más interesantes que sus viejos amigos. ¿Por qué deberían serlo? No estaban buscando la virtud, la amabilidad, la lealtad, el humor, el aprendizaje, la inteligencia ni cualquiera de las cosas que realmente se pueden disfrutar. Simplemente estaban buscando estar «dentro». Y ese es un placer que no puede durar. Tan pronto sus nuevos socios se hayan acostumbrado a ustedes, ya estarán buscando otro círculo. El final del arcoíris todavía les quedará muy lejos. El viejo círculo ahora será solo el monótono fondo de su esfuerzo por entrar en el nuevo.

Y siempre encontrarán difícil entrar, por una razón que conocen muy bien. Ustedes mismos, una vez que están dentro, quieren ponérselo difícil al siguiente que entre, igual que los que estaban dentro se lo pusieron difícil a ustedes. Naturalmente. En cualquier grupo saludable de personas que se mantienen juntas por un buen propósito, las exclusiones son, en cierto sentido, accidentales. Tres o cuatro personas que están juntas en nombre de alguna clase de trabajo excluyen a los demás porque solo hay trabajo para tantos o porque los demás en realidad no pueden hacerlo. Su pequeña asociación musical limita su número porque los salones en donde se reúnen tienen cierto tamaño. Pero su genuino círculo cerrado existe por exclusión. No sería divertido si no existieran los de fuera. La línea invisible no tendría sentido a menos que la mayoría de personas estuvieran en el lado equivocado. La exclusión no es un accidente: es la esencia.

La búsqueda del círculo cerrado les romperá el corazón a menos que ustedes se lo rompan. Pero si lo rompen sucederá algo sorprendente. En sus horas de trabajo harán del trabajo su fin, se encontrarán inesperadamente dentro del único círculo de su profesión que realmente importa. Serán artesanos de los buenos, y los otros buenos artesanos los conocerán. Este grupo de artesanos en ningún caso coincidirá con el círculo cerrado, o la gente importante, o la gente que controla. No conformará esa política profesional ni generará esa influencia profesional que lucha por la profesión como un todo contra el público, ni conducirá a esos escándalos y crisis periódicos que produce el círculo cerrado. Pero hará esas cosas para las que esa profesión existe y a largo plazo será responsable de todo el respeto del que disfruta verdaderamente esa profesión y que los discursos y la propaganda no pueden mantener. Y, si en su tiempo libre se asocian simplemente con personas como ustedes, de nuevo descubrirán que han llegado sin pretenderlo al verdadero ámbito interno, que están realmente cómodos y a salvo en el centro de algo que, visto desde fuera, podría parecer exactamente como un círculo cerrado. Pero la diferencia es que su secretismo es accidental y su exclusividad una consecuencia, y nadie llegó allá atraído por lo secreto, porque solo son cuatro o cinco personas a las que les gusta reunirse para hacer lo que les gusta. Esto es amistad. Aristóteles la colocó entre las virtudes. Posiblemente se le pueda atribuir la mitad de toda la felicidad en el mundo, y ningún círculo cerrado podrá jamás tenerla.

En la Escritura se nos dice que los que piden recibirán. Es verdad, en sentidos que ahora no podemos explorar. Pero en otro sentido hay mucha razón en el dicho «quien no llora no mama». Para una persona joven, que recién entra en la vida adulta, el mundo puede parecer lleno de «interioridades», de intimidades y confidencialidades deliciosas, y desea entrar en ellas. Pero si sigue ese deseo no alcanzará ninguna «interioridad» que merezca la pena. El verdadero camino se encuentra más bien en otra dirección. Como la casa de *Alicia a través del espejo*.

¿LA TEOLOGÍA ES POESÍA?

La pregunta que me han pedido que discutamos esta noche —«¿La teología es poesía?»— no es de mi elección. De hecho, me encuentro en la posición del aspirante frente a un examen, y debo obedecer el consejo de mis tutores de asegurarme primero de que conozco el significado de la pregunta.

Por *teología* queremos decir, supongo, la serie de principios sistemáticos acerca de Dios, y de la relación del ser humano con él, que acuerdan los creyentes de una religión. Y en un documento que me enviaron de este club quizá podría inferir que la teología significa principalmente teología cristiana. Esta suposición es atrevimiento mío, porque algo de lo que pienso sobre otras religiones aparecerá en lo que tenga que decir. Hay que recordar también que solo una pequeña parte de las religiones del mundo tienen una teología. No había una serie de principios sistemáticos que los griegos tuvieran en común en sus creencias sobre Zeus.

El otro término, *poesía*, es mucho más difícil de definir, pero creo imaginar la pregunta que mis examinadores tenían en mente sin una definición. Hay ciertas cosas de las que tengo por seguro que no me estaban preguntando. No me preguntaban si la teología está escrita en verso. No me preguntaban si la mayoría de los teólogos son expertos con un estilo «simple, sensual y apasionado». Creo que querían decir: «¿Es la teología *meramente* poesía?». Esto podría ampliarse a: «¿Nos ofrece la teología, en el mejor de los casos, únicamente esa clase de verdad que, de acuerdo con algunos críticos, la poesía contiene?». Y la primera dificultad de responder a la cuestión de esa forma es que no tenemos un acuerdo general sobre lo que significa «verdad poética», si es que de verdad existe tal cosa. Lo mejor será, por tanto, usar para este artículo una noción muy vaga y modesta de poesía, sencillamente como la obra que estimula y en parte satisface la imaginación. Así que formularé la pregunta de este modo: ¿debe la teología cristiana su atracción a su poder de elevar y satisfacer nuestra imaginación? ¿Aquellos que lo creen están confundiendo el goce estético con el asentimiento intelectual, o asienten porque gozan?

Enfrentado a esta cuestión, me inclino de forma natural a inspeccionar al creyente que mejor conozco: yo mismo. Y el primer aspecto que descubro, o creo descubrir, es que, al menos para mí, si la teología es poesía, no es muy buena poesía.

Considerada como poesía, creo que la doctrina de la Trinidad navega entre dos aguas. No posee la grandeza monolítica de las concepciones estrictas de los unitarios ni la riqueza del politeísmo. La omnipresencia de Dios no es, en mi opinión, un recurso poético. Odín, en su lucha contra enemigos que no son sus propias criaturas y que finalmente acaban por vencerle, tiene un atractivo heroico que el Dios de los cristianos no puede tener. Por otro lado, existe cierto vacío en la imagen cristiana del universo. Se presenta un estado futuro y órdenes de criaturas sobrehumanas, pero solo se ofrecen indicios inapreciables de su naturaleza. Finalmente, y lo peor de todo, la historia cósmica completa, aunque llena de elementos trágicos, yerra como tragedia. El cristianismo no ofrece los atractivos del optimismo ni del pesimismo. Representa la vida del universo de forma similar a la vida mortal de los hombres de este planeta: «La trama de nuestra vida se compone de bien y de mal». Las majestuosas simplificaciones del panteísmo y el enmarañamiento del animismo pagano me resultan, de distintas maneras, más atractivos. El cristianismo pierde el orden de uno y la deliciosa variedad del otro. Por lo que sé, a la imaginación le encantan dos cosas. Le encanta abrazar a sus objetos totalmente, abarcarlos en un simple vistazo y verlos como algo armonioso, simétrico y autoconclusivo. Esta es la imaginación clásica; el Partenón fue construido para ello. Y también le encanta perderse en sí misma en un laberinto, rendirse a lo inextricable. Esta es la imaginación romántica; el *Orlando furioso* fue escrito para eso. Pero la teología cristiana no atiende a ninguna de las dos.

Si el cristianismo solo es una mitología, considero que la mitología en la que creo no es la que más me gusta. Me atrae mucho más la mitología griega, aún más la irlandesa, y la escandinava es la mejor de todas.

Habiéndome ya examinado a mí mismo, paso a interrogarme hasta qué punto es peculiar mi caso. No parece, desde luego, que sea el único. No es del todo evidente que la imaginación de los hombres siempre se haya deleitado más en esas imágenes de lo sobrenatural en las que creían. Del siglo XII al XVII, Europa pareció encontrar un inagotable deleite en la mitología clásica. Si el número y el gusto por las imágenes y poemas fuesen criterios para creer, deberíamos juzgar aquellas épocas como paganas, lo que sabemos que es falso.

Es como si la confusión entre goce imaginativo y asentimiento intelectual, de la que se acusa a los cristianos, no fuese tan común o probable como algunos suponen. Incluso los niños, así lo creo, rara vez son víctimas de ella. Le place a su imaginación fingir que son osos o caballos, pero no recuerdo que ninguno estuviese preso del más mínimo engaño. ¿No puede ser que haya algo en la creencia que sea hostil al perfecto disfrute imaginativo? El ateo sensible y culto parece en ocasiones disfrutar de las trampas estéticas del cristianismo de una manera que el creyente solo puede envidiar. Los poetas modernos ciertamente gozan de los dioses griegos de una manera que no encuentro en la literatura griega. ¿Qué escenas mitológicas de la literatura antigua pueden ser equiparadas ni por un momento al *Hiperión* de Keats? En cierto modo, al creer en ella despreciamos una mitología para los propósitos de la imaginación. Las hadas son populares en Inglaterra porque no creemos que existan; no son divertidas en la isla de Arran o en Connemara.

Pero temo estar yendo demasiado lejos. He sugerido que creer anula un sistema para la imaginación «en cierto modo». Pero no de todas maneras. Si llegase a creer en las hadas, ciertamente debería perder casi todo el peculiar tipo de placer que ahora obtengo cuando leo sobre ellas en *El sueño de una noche de verano*. Pero más adelante, cuando la creencia en las hadas se haya asentado como un habitante de mi universo auténtico y haya conectado plenamente con otras partes de mi pensamiento, tal vez surja un nuevo placer. La contemplación de lo que consideramos real está siempre, opino, en las mentes tolerablemente sensibles, atendido con una cierta clase de satisfacción estética: una clase que depende precisamente de su presunta realidad. Hay dignidad y conmoción en el hecho desnudo de que algo existe. Por tanto, como señalaba Balfour en *Theism and Humanism* (un libro muy poco leído), hay muchos hechos históricos que no deberíamos aplaudir si fueran invenciones, ya tuvieran un alto grado de humor o de angustia; pero, una vez que creemos en su realidad, la idea de estos acontecimientos nos proporciona, además de satisfacción intelectual, un goce estético. La narración de la Guerra de Troya y la historia de las Guerras Napoleónicas producen un efecto estético en nosotros. Pero cada uno de ellos es diferente. Y la disparidad no depende únicamente de los rasgos que podrían definirlas como historias si no creyésemos en ellas. La *clase* de placer que procuran las Guerras Napoleónicas posee una cierta distinción sencillamente porque creemos en ellas. Una idea creída *suena* diferente a una idea en la que no se ha creído. Y ese gusto peculiar de lo creído viene siempre, según mi experiencia, acompañado de un género particular de goce imaginativo. Es cierto, por consiguiente, que los cristianos disfrutan estéticamente de su imagen del mundo una vez la aceptan como verdadera. Todo hombre, creo, se complace de la imagen del mundo que él acepta, dado que la gravedad y finalidad del actual es en sí misma estéticamente estimulante. En este sentido, el cristianismo, el culto a la Fuerza Vital, el marxismo o el psicoanálisis son «poesía» para sus creyentes. Lo que no quiere decir que sus partidarios los hayan escogido por esa razón. Al contrario, este tipo de poesía es el resultado, y no la causa, de creer. La teología es, en este sentido, poesía para mí porque creo en ella; pero no creo en ella porque sea poesía.

La acusación de que la teología es simple poesía, entendiendo que se recrimina a los cristianos por considerarla, aun antes de creer en ella, la concepción poéticamente más atractiva que existe, me parece del todo insostenible. Tal vez haya alguna evidencia de tal acusación que yo no conozca, pero las pruebas, hasta donde yo sé, van en su contra.

Por supuesto, no mantengo que la teología, aun antes de que ustedes crean en ella, está totalmente desprovista de valor estético. Pero no la veo superior en este sentido a la mayoría de sus rivales. Consideren por unos instantes el enorme reclamo estético de su principal rival contemporáneo, lo que podemos denominar perspectiva científica,[1] la doctrina del señor Wells [H. G.] y los demás. Suponiendo que fuera un mito, ¿no es acaso uno de los mitos más bellos producidos por la imaginación humana? La obra viene precedida por el más austero de todos los preludios: el vacío infinito y la materia moviéndose sin descanso para producir lo desconocido. Después, tras millones y millones de casualidades —qué trágica ironía—, en un punto del tiempo y del espacio surgen las condiciones necesarias para esa diminuta fermentación que es el origen de la vida. Todo parece ir en contra del héroe infantil de nuestro drama, de modo similar a como se disponen los hechos contra el hijo menor o la hijastra maltratada al inicio de los cuentos de hadas. Pero de algún modo la vida logra triunfar. Con sufrimiento infinito, contra obstáculos invencibles, se extiende, germina, se complica, de la ameba a la planta, al reptil, y de ahí al mamífero. Vemos con brevedad la época de los monstruos. Los dragones vagan por el mundo, se devoran los unos a los otros y mueren.

1. No estoy sugiriendo que los científicos que practican la ciencia crean en ella como un todo. El delicioso sustantivo «wellsianismo» (que inventó otro miembro durante una discusión) sería mucho mejor que «perspectiva científica». *Fundamentos de crítica literaria* (1924), Capítulo XI.

Entonces aparece una vez más el tema del hijo menor y del patito feo. Como comenzó la chispa diminuta y débil de la vida entre las enormes hostilidades de lo inanimado, ahora otra vez, entre bestias aún más grandes y fuertes, viene una pequeña criatura desnuda, temerosa y trémula, arrastrando los pies, aún no erguida, sin promesa de nada, el producto de otro millón de millones de casualidades. Y aun así florece. Se convierte en el hombre de las cavernas, con su cayado y su pedernal, musitando y gruñendo sobre los huesos de sus enemigos, arrastrando a su compañera por el pelo (nunca he acabado de entender por qué) mientras grita, despedazando a sus hijos llevado por los celos, hasta que uno de ellos es lo suficientemente mayor para destruirle, estremecido ante los horribles dioses que ha creado a su imagen. Pero esto solo son dolores de crecimiento. Esperen al siguiente acto. Ahí viene el verdadero hombre. Aprende a dominar la naturaleza. La ciencia aparece y disipa las supersticiones de su infancia. Cada vez más se convierte en el dueño de su propio destino. Pasando por alto el presente (pues es insignificante en la escala temporal que estamos empleando), le siguen hasta el futuro. Véanlo en el acto final, que no escena última, de este gran misterio. Una raza de semidioses gobierna ahora el planeta —y quizá algo más que el planeta—, porque la eugenesia determina que solo nazcan semidioses, y el psicoanálisis hace que ninguno de ellos pierda o vea disminuida su divinidad, y el comunismo asegura que tendrán a la mano todo lo que la divinidad requiera. El hombre ha ascendido a su trono. De ahora en adelante, no tiene nada que hacer salvo practicar la virtud, crecer en sabiduría, ser feliz. Y ahora el golpe final de ingenio. Si el mito se detuviese en este punto, sería un tanto ridículo. Carecería de la tremenda grandeza de que es capaz la imaginación humana. La escena final lo cambia todo. Estamos ante el ocaso de los dioses. Todo este tiempo, sin que el ser humano pudiera evitarlo, la naturaleza, el viejo enemigo, ha sido silenciosa e irreversiblemente perturbada sin cesar. El sol se enfriará —todos los soles lo harán— y el universo entero se consumirá. La vida (en cualquiera de sus formas) será barrida, sin esperanza de retorno, de cada región del espacio infinito. Todo llega a la nada, y la «oscuridad universal lo cubre todo». El modelo del mito, por tanto, se vuelve uno de los más nobles que podemos concebir. Es el paradigma de muchas de las tragedias isabelinas, donde el periplo del protagonista puede ser representado por una curva que sube lentamente y luego cae con rapidez, con su clímax en el cuarto acto. Pueden verlo escalar, resplandecer en su brillante cénit y finalmente caer abrumado por la ruina.

A todos nos atrae un drama mundial así. Las tempranas luchas del héroe (un tema deliciosamente duplicado, interpretado primero por la vida y después por el hombre), atraen a nuestra generosidad. Su exaltación futura da pie a un razonable optimismo, ya que el fin trágico está tan lejos que no necesitarán pensar en él: manejamos cifras de millones de años. Y el trágico final contiene en sí mismo esa ironía, esa grandeza, que despierta nuestra resistencia, sin la cual todo lo demás podría resultar empalagoso. Hay una belleza en este mito que bien merece un análisis poético mejor que el que ha recibido hasta ahora; confío en que algunos de los grandes genios lo cristalizarán antes de que las corrientes del cambio filosófico se lo lleven por delante. Hablo, por supuesto, de la belleza que contiene el relato, independientemente de que lo crean. Aquí puedo hablar desde la experiencia, pues yo, que creo menos de la mitad de lo que me cuenta del pasado, y menos aún de lo que me cuenta sobre el futuro, quedo conmovido profundamente cuando lo contemplo. La única otra historia —aunque, de hecho, es una adaptación del mismo relato— que me conmueve de manera similar es *El anillo del Nibelungo*, que dice: «*Enden sah ich die Welt* [El fin vi del mundo]».

No podemos, sin embargo, rechazar la teología simplemente porque no evita ser poética. Todas las visiones del mundo reportan poesía a aquellos que las creen por el mero hecho de ser creídas. Y casi todas tienen ciertos méritos poéticos, crean ustedes en ellas o no. Así ha de ser. El hombre es un animal poético y no toca nada que no haya adornado.

No obstante, hay otras dos líneas de pensamiento que podrían conducirnos a llamar teología a la simple poesía, y estas deben ser consideradas ahora. En primer lugar, contiene ciertos elementos similares a los que podemos encontrar en muchas religiones tempranas e incluso primitivas. Y aquellos elementos de las religiones tempranas pueden parecernos ahora poéticos. La cuestión aquí es bastante complicada. Ahora vemos la muerte y el regreso de Balder como una idea poética, un mito. Somos invitados a inferir, por consiguiente, que la muerte y resurrección de Cristo es una idea poética, un mito. Pero no partimos del *datum* de que «ambas son poéticas» para a partir de él concluir: «luego ambas son falsas». Parte del aroma poético que se cierne sobre Balder es, creo, debido al hecho de que ya hemos llegado a desconfiar de él. Así que ese descreimiento, que no experiencia poética, es el verdadero punto de partida del argumento. Pero parece que esto es una nimiedad, con toda seguridad una sutileza, que voy a dejar aparte.

¿Que existan ideas similares en la religión pagana arroja alguna luz para dilucidar la verdad o falsedad de la teología cristiana? Creo que la respuesta fue muy bien establecida hace un par de semanas por el señor Brown. Supongamos, simplemente por razones argumentativas, que el cristianismo es verdadero; entonces podría soslayar cualquier coincidencia con otras religiones solo con la suposición de que todas las demás religiones están equivocadas al cien por cien. A lo que, ustedes lo recordarán, el profesor H. H. Price replicó que estaba de acuerdo con el señor Brown y dijo: «Sí. Partiendo de estas similitudes no puede concluirse "tanto peor para los cristianos", sino "tanto mejor para los paganos"». Lo cierto es que las similitudes no dicen nada a favor o en contra de la verdad de la teología cristiana. Si ustedes parten de la presunción de que la teología es falsa, las similitudes son bastante coherentes con esa presunción. Uno podría esperar que criaturas de la misma especie, enfrentadas al mismo universo, hicieran las mismas falsas suposiciones más de una vez. Pero, si parten de la presunción de que la teología es verdad, las similitudes encajan igual de bien. La teología, a la vez que dice que a los cristianos y a los judíos (anteriormente) les ha sido concedida una iluminación especial, dice también que hay una iluminación divina concedida a todos los hombres. La luz divina, se nos dice, «alumbra a todos los hombres». Deberíamos, pues, esperar encontrar en la imaginación de los grandes maestros y mitógrafos paganos algún vislumbre de ese tema que creemos que es el mismo argumento de la historia cósmica completa: el tema de la encarnación, la muerte y la resurrección. Y las diferencias entre los cristos paganos (Balder, Osiris, etc.) y el verdadero Cristo son las que cabe esperar. Todas las historias paganas tratan sobre alguien que muere y renace, o cada año o en momentos y lugares que nadie sabe. La historia cristiana versa sobre un personaje histórico, cuya ejecución decretada por un magistrado romano se puede fechar con bastante exactitud, con el que la sociedad fundada por él mismo permanece en continua relación hasta el momento actual. No se trata de la diferencia entre falacia y verdad. Es la diferencia entre un acontecimiento real por un lado y los sueños y premoniciones confusas del mismo evento por el otro. Es como contemplar algo que va enfocándose gradualmente; primero está en la bruma del mito y el ritual, vasto y vago, y entonces se condensa, se solidifica y en cierto sentido se reduce: un hecho histórico que ocurrió en la Palestina del siglo primero. Este enfoque gradual prosigue dentro de la propia tradición cristiana. El estrato más antiguo del Antiguo Testamento contiene muchas verdades en una forma que considero legendaria, o incluso mítica: están entre la bruma, aunque la verdad se condensa poco a poco, y se vuelve cada vez más histórica. Desde cosas como el arca de Noé o el sol detenido sobre Ajalón pasan a las memorias de palacio del rey David. Finalmente alcanzan el Nuevo Testamento y la historia reina de forma suprema, y la Verdad se hace carne. Y la «encarnación» es aquí más que una metáfora. No es una semejanza accidental que lo que se enuncia (desde el punto de vista del ser) como «Dios se hizo hombre» implique (desde el punto de vista del conocimiento humano) la declaración de que «el mito se hizo realidad». El significado esencial de todas las cosas descendió de los «cielos» del mito a la «tierra» de la historia. Al hacerlo, se vació parcialmente de su gloria, como Cristo se vació a sí mismo de su gloria al hacerse hombre. Esta es la explicación real del hecho de que la teología, lejos de vencer a sus rivales con una poesía superior, es, en un sentido superficial pero bastante real, menos poética que ellos. Esta es la razón por la que el Nuevo Testamento es, en el mismo sentido, menos poético que el Antiguo. ¿No han sentido ustedes en la iglesia, si la primera lectura viene de algún pasaje grandioso, que la segunda es, en cierto sentido, comparativamente menor, casi monótona, si me permiten la expresión? Así es, y así debe ser. Esta es la humillación del mito en el hecho, de Dios en el hombre; lo que es omnipresente y siempre sin imagen e inefable, solo vislumbrado en el sueño y símbolo y poesía recordatoria, se vuelve pequeño, sólido, no mayor que un hombre que puede quedarse dormido en una barca en el mar de Galilea. Tal vez dirán que esta, después de todo, es una forma de poesía aún más profunda. No se lo negaré. La humillación lleva a una gloria mayor. Pero la humillación de Dios y el quebranto o condensación del mito al convertirse en hecho son también algo muy real.

Acabo de mencionar el símbolo, lo que me lleva al último encabezamiento bajo el que consideraré el aspecto de «mera poesía». Ciertamente, la teología comparte con la poesía el uso del lenguaje metafórico o simbólico. La primera persona de la Trinidad no es el Padre de la segunda en el sentido físico. La segunda persona no «bajó» a la tierra como lo haría un paracaidista, ni ascendió a los cielos como un globo, ni siquiera está literalmente sentado a la derecha del Padre. ¿Por qué, entonces, el cristianismo habla como si todas esas cosas hubieran sucedido así? El agnóstico piensa que el motivo es que sus fundadores eran bastante ignorantes e infantiles y creían en todos estos elementos de manera literal, y más tarde los cristianos han seguido empleando el mismo lenguaje por indecisión y conservadurismo. A menudo se nos invita, en palabras del profesor Price [H. H.], a tirar la cáscara y quedarnos con el grano.

Hay aquí dos cuestiones involucradas.

1. ¿Qué creían los primeros cristianos? ¿Creían que Dios tiene realmente un palacio material en el cielo y que recibió a su Hijo en un trono decorado situado un poco a la derecha del suyo o no? La respuesta es que la alternativa que les estamos presentando ni se les había pasado por la cabeza. Sea como fuere, si la tenían presente, sabemos bien hacia qué opción se inclinaban. Tan pronto como se planteó ante la iglesia el asunto del antropomorfismo, creo que en el siglo segundo, este fue condenado. La iglesia conocía la respuesta (que Dios no tiene cuerpo, y por tanto no podía sentarse en una silla) nada más conocer la pregunta. Pero hasta que la pregunta surgió, por supuesto, la gente no creía ni en una respuesta ni en la otra. No hay error más irritante en la historia del pensamiento que intentar encuadrar a nuestros ancestros en un lado u otro de una distinción que para nada ocupó sus mentes. Están haciendo una pregunta para la cual no existe respuesta. Es muy probable que la mayoría (aunque no todos) en la primera generación de cristianos nunca pensara en su fe sin la imagen antropomórfica, y que no fueran explícitamente conscientes, como lo sería un cristiano moderno, de que aquello *era* pura metáfora. Sin embargo, esto no significa en modo alguno que la esencia de su fe se preocupara por detalles acerca de un salón del trono celestial. Eso no era lo que ellos valoraban, o por lo que

estaban dispuestos a morir. Cualquiera de ellos que hubiese ido a Alejandría y tuviera una educación filosófica hubiera reconocido la imagen tal como era, y no habría sentido que su fe se alteraba de una manera significativa. Mi idea mental de una universidad de Oxford, antes de ver ninguna, era muy diferente de la realidad en los detalles físicos. Pero esto no significa que cuando llegué a Oxford descubriera que mi concepto general de lo que es una universidad fuese un engaño. Las imágenes físicas habían acompañado inevitablemente mi pensamiento, pero no habían sido lo que más me interesaba, y gran parte de mi pensamiento era correcto a pesar de todo. Lo que piensas es una cosa; lo que imaginas mientras estás pensando es otra.

Los primeros cristianos no eran como un hombre que confunde la cáscara con el fruto, sino más bien como uno que lleva una nuez que aún no ha sido partida. En el momento de cascarla, sabe qué parte hay que tirar. Hasta entonces conserva la nuez, no porque sea un estúpido, sino porque no lo es.

2. Se nos invita a exponer nuestras creencias de una forma libre de metáforas y símbolos. La razón por la que no lo hacemos es porque no podemos. Podemos, si lo prefieren, decir que «Dios entró en la historia» en lugar de decir que «Dios bajó a la tierra». Pero, por supuesto, «entró» es tan metafórico como «bajó». Solo habrán sustituido un movimiento indefinido u horizontal por uno vertical. Podemos hacer que nuestro lenguaje sea más soso; pero no

podemos hacerlo menos metafórico. Podemos usar imágenes más prosaicas; no podemos ser menos gráficos. Ni siquiera los cristianos nos encontramos solos en esta incapacidad. Esta es una frase de un conocido autor no cristiano, el doctor I. A. Richards:[2] «Solo puede considerarse legítima aquella parte de la causa de un suceso mental que surte efecto a través de impulsos (sensoriales) entrantes o a través de impulsos sensoriales pasados. La reserva, sin duda, trae complicaciones». El doctor Richards no quiere decir que la parte de la causa «surte» efecto en el sentido literal de la palabra, ni que lo haga *a través* de un impulso sensorial del mismo modo que ustedes acceden a un espacio *a través* de una puerta. En cuanto a la segunda frase, «La reserva trae complicaciones», no quiere decir que un acto de defensa, o un asiento numerado en un tren, o la entrada a un parque estadounidense, consiste en realidad en dar giros y tomar curvas, en trazar una serie de espirales o pendientes. En otras palabras, cualquier lenguaje sobre cosas no físicas es necesariamente metafórico.

Por todas estas razones, creo que (aunque ya sepamos desde antes de Freud que el corazón es engañoso) aquellos que aceptan la teología no están necesariamente guiados por el gusto antes que por la razón. La imagen asociada a los cristianos de estar acorralados en una orilla cada vez más estrecha mientras la marea de la «ciencia» sube y sube no tiene nada que ver con mi propia experiencia. Ese asombroso mito que les pedí que admiraran hace unos

2. *Fundamentos de crítica literaria* (1924), Capítulo XI.

minutos no supone para mí ninguna novedad hostil que irrumpa en mis creencias tradicionales. Al contrario, esa cosmología es el punto desde el que partí. La desconfianza cada vez más profunda y el abandono final de ella precedió a mi conversión al cristianismo. Mucho antes de que creyera que la teología era verdadera ya había decidido que la imagen popular de la ciencia en todo caso era falsa. Una inconsistencia completamente central la arruina; se trata de aquella que observamos hace un par de semanas.[3] La imagen completa declara depender de las inferencias de los hechos observados. A menos que una inferencia sea válida, toda la imagen desaparece. A menos que podamos estar seguros de que la realidad, en la nebulosa más lejana o en el lugar más apartado, obedezca las leyes del pensamiento humanista científico, aquí y ahora y en el laboratorio —en otras palabras, a menos que la razón sea un absoluto—, todo está perdido. Aun así, los que me piden que crea en esta imagen del mundo también me piden que crea que la razón es simplemente el derivado imprevisto y accidental de una materia sin inteligencia en un estado de su infinito y ciego sobrevenir. Esto es una pura contradicción. Me piden aceptar una conclusión y al mismo tiempo restar crédito al único testimonio sobre el que puede establecerse esa conclusión. Para mí, ese

---

3. Cuando, el 30 de octubre de 1944, el doctor David Edwards leyó ante el Club Socrático un artículo titulado: «¿Es la fe en un Dios personal compatible con el conocimiento científico contemporáneo?» (Nota del ed. en inglés).

problema es letal; y el hecho de que cuando se lo planteo a muchos científicos, lejos de conseguir una respuesta, no parecen ni siquiera entender cuál es la dificultad me asegura que no he encontrado un fraude, sino que he detectado una enfermedad radical en su modo de pensar desde el mismo principio. El hombre que ha comprendido esta situación se ve movido de ahí en adelante a considerar la cosmología científica como, en principio, un mito; aunque sin duda un mito apoyado en una gran cantidad de datos verdaderos.[4]

Después de esto, difícilmente creeremos que valga la pena dedicarse a subrayar problemas menores. Pero los hay: muchos y graves. La crítica bergsoniana del darwinismo ortodoxo no es fácil de replicar. Más inquietante aún es la defensa del profesor Watson. «La propia evolución —escribió— es aceptada por los zoólogos no porque haya sido observada o [...] probada por una evidencia lógicamente coherente que sea verdadera, sino porque la única alternativa, la creación especial, es claramente increíble».[5] ¿Cómo se llega a esto? ¿Toda la vasta estructura del naturalismo moderno depende no de una evidencia positiva, sino simplemente de un prejuicio metafísico *previo*? ¿Se concibió no a partir de los hechos, sino de expulsar a Dios? Incluso si la evolución, en el sentido biológico

---

4. No es irrelevante, al considerar el carácter mítico de esta cosmología, descubrir que sus dos expresiones imaginativas son *anteriores* a la evidencia: el *Hiperión* de Keats y *El anillo del Nibelungo* son obras predarwinistas.
5. Citado en «La ciencia y la BBC», *Nineteenth Century* (abril 1943).

estricto, posee mejores fundamentos que los que sugiere el profesor Watson —y no puedo evitar pensar que los tiene—, deberíamos distinguir entre la evolución en su sentido estricto y lo que podríamos llamar evolucionismo universal o pensamiento moderno. Por evolucionismo universal me refiero a la creencia de que toda fórmula de proceso universal va de lo imperfecto a lo perfecto, de los pequeños comienzos a los grandes finales, de lo rudimentario a lo elaborado; la creencia que lleva a la gente a considerar como algo natural pensar que la moralidad brota de los tabús primarios; los sentimientos adultos, de desajustes sexuales infantiles; el pensamiento, del instinto; la mente, de la materia; lo orgánico, de lo inorgánico; el orden, del caos. Este es quizá el hábito más profundo de la mente del mundo contemporáneo. Me resulta inmensamente inverosímil, porque hace que el curso general de la naturaleza sea muy distinto de aquellas partes de la naturaleza que podemos observar. Ustedes recordarán el viejo acertijo de si fue antes el huevo o la gallina. La moderna aquiescencia del evolucionismo universal es una especie de ilusión óptica, producida por atender exclusivamente a la urgencia de la gallina frente al huevo. Se nos ha enseñado desde pequeños a ver cómo el roble perfecto crece de la bellota y a olvidar que la propia bellota cayó de las ramas de un perfecto roble. Se nos recuerda constantemente que el humano adulto fue un embrión, pero nunca que la vida del embrión se originó de dos humanos adultos. Nos encanta observar que el motor del tren actual es un descendiente del «cohete», pero no recordamos de la misma manera que el «cohete» no surge de algún ingenio más rudimentario, sino de algo mucho más perfecto y complicado: de un genio. La obviedad o naturalidad que la mayor parte de la gente parece encontrar en la idea del evolucionismo emergente parece ser, por lo tanto, una pura alucinación.

Por estos motivos y otros parecidos, uno se ve movido a pensar que, por muy ciertos que puedan ser otros aspectos, la cosmología científica popular en cualquier caso no lo es. Dejé ese barco no por el llamado de la poesía, sino porque pensé que no podría mantenerse a flote. Algo como el idealismo filosófico o el teísmo debe, a lo peor, ser menos verdadero aún. Y el idealismo resultaba ser, cuando se tomaba en serio, un teísmo disfrazado. Y una vez se aceptaba el teísmo, era imposible ignorar las demandas de Cristo. Cuando se las examina, me parece imposible adoptar una posición equidistante. O Cristo era un lunático o era Dios. Y él no era un lunático.

En el colegio me enseñaron, cuando hacía una suma, a «probar mi respuesta». La prueba o verificación de mi respuesta cristiana a la suma cósmica es esta. Cuando acepto la teología puedo encontrar dificultades, en tal o cual punto, para armonizarla con algunas verdades particulares que han sido inoculadas por la cosmología mítica derivada de la ciencia. Pero en la ciencia puedo entrar, o darle sitio, como un todo. Ya que la razón es previa a la materia y puesto que la luz de esa razón original ilumina las mentes finitas, puedo entender cómo los hombres podrían llegar a tener, mediante la observación y la inferencia, un amplio conocimiento del universo en el que viven. Si, por otra parte, acepto la cosmología científica como un todo, no solo no puedo encajarla en el cristianismo, sino que ni siquiera puedo encajarla en la ciencia. Si las mentes dependen por completo de los cerebros, y los cerebros de la bioquímica, y la bioquímica (a la larga) del flujo azaroso de los átomos, no puedo entender cómo el pensamiento de esas mentes habría de tener un significado mayor que el sonido del viento en los árboles. Y esta es para mí la prueba definitiva. Así es como distingo el sueño de la vigilia. Cuando estoy despierto puedo, hasta cierto punto, explicar y estudiar mi sueño. El dragón que me persiguió anoche puede encajar en mi mundo despierto. Sé que hay unas cosas llamadas sueños; sé que comí una cena indigesta; sé que puedo esperar que un hombre de mis lecturas sueñe con dragones. Sin embargo, durante la pesadilla no habría podido encajarlo en mi experiencia consciente. El mundo de la vigilia se considera más real porque puede contener el mundo del sueño; el mundo soñado se considera menos real porque no puede contener el mundo despierto. Por la misma razón, tengo la seguridad de que, al pasar de los puntos de vista científicos a los teológicos, he pasado del sueño a la vigilia. La teología cristiana puede ser compatible con la ciencia, el arte, la moralidad y las religiones subcristianas. El punto de vista científico no puede ser compatible con ninguna de estas cosas, ni siquiera con la propia ciencia. Creo en el cristianismo como creo que el sol sale, no solo porque lo veo, sino porque por él veo todo lo demás.

LA PERSEVERANCIA EN LA FE

En más de una ponencia presentada en el Círculo Socrático de Oxford se ha establecido una oposición entre la actitud supuestamente cristiana ante la fe y la pretendidamente científica. En ellas se nos indicaba la convicción del científico de considerar un deber el proporcionar a sus creencias una fuerza exactamente igual a la de la evidencia: creer menos cuando la certidumbre es menor y suprimirla completamente cuando aparecen testimonios adversos dignos de confianza. Por otro lado, se nos decía también que la actitud del cristiano consiste en considerar positivamente loable creer sin evidencia o con exceso de ella, en mantener inalterada la fe aun en el caso de evidencia creciente en su contra. Se alaba, pues, «la fe firme», cuyo sentido parece consistir en mantenerse inmune a los asaltos de la realidad.

Si todo ello fuera una doctrina razonable sobre el asunto, la coexistencia dentro de la misma especie de científicos y cristianos sería un fenómeno extraordinariamente asombroso. La coincidencia de las dos clases, frecuente por lo demás en la realidad, sería completamente inexplicable. La discusión entre criaturas tan diferentes sería imposible. El propósito de este ensayo es mostrar que las cosas no son tan desalentadoras. El significado de proporcionalidad entre creencia y evidencia manejado por el científico y el de falta de correspondencia entre las dos defendido al parecer por el cristiano requieren una definición más precisa. Confío en que, después de hacerlo, dejen de mirarse ambas partes con una actitud de incomprensión completamente estúpida y desesperada, aun cuando persista el desacuerdo entre ellas.

Ante todo conviene decir algunas palabras sobre la creencia en general. La situación de «proporcionalidad entre creencia y evidencia» no es, a mi juicio, tan frecuente en la vida científica como se pretende. El interés preferente de los científicos no es creer en las cosas, sino llegar a saberlas. Que yo sepa, nadie usa la palabra «fe» para referirse a cosas sabidas. El médico dice «creo» que este hombre ha sido envenenado» antes de haber examinado su cuerpo. Después de hacerlo, declara «ha sido envenenado». Nadie afirma «creo la tabla de multiplicación». Quien atrapa a un ladrón con las manos en la masa no dice tampoco «creo» que estaba robando». Durante su trabajo, es decir, cuando actúa como hombre de ciencia, el científico se afana por eludir la creencia y la incredulidad y por alcanzar el conocimiento. Para ello utiliza, naturalmente, hipótesis o supuestos. Ni aquellas ni estos son, a mi juicio creencias. No debemos buscar, pues, la actitud del científico sobre ellas en su vida científica, sino en las horas de ocio.

En el lenguaje moderno, el verbo «creer» expresa generalmente, salvo en dos casos especiales, un grado muy débil de opinión. «¿Dónde está Tom?»; «Creo que se ha ido a Londres». El hablante no se sorprendería apenas si Tom no se hubiera ido a Londres. «¿Qué año ocurrió?»; «Creo que el 430 antes de Cristo». El hablante quiere decir que no está seguro en absoluto de la respuesta. Lo mismo ocurre con la fórmula negativa «no creo» («¿Se va a matricular Jones este trimestre?»; «No creo»).

Sin embargo, expresada de otra forma, la frase negativa se transforma en uno de los usos especiales mencionados hace un momento. Este es el caso del enunciado «no lo creo» y de la proposición, más fuerte todavía, «no te creo». La versión negativa «no lo creo» es más enérgica que la positiva «creo». «¿Dónde está la señora Jones?»; «Creo que se ha largado con el mayordomo»; «No lo creo». La última expresión, especialmente cuando es pronunciada con ira, puede implicar una convicción cuya certeza subjetiva resulta difícil distinguir del conocimiento empírico.

El otro uso especial es la afirmación «creo» tal como es pronunciada por un cristiano. No es demasiado difícil hacer comprender al materialista endurecido, por más que sea incapaz de aprobarlo, el carácter esencial de la actitud expresada con el término «creo». Basta con que se imagine a sí mismo repitiendo «no lo creo» ante el relato de un milagro, y conceda semejante grado de convicción a la parte contraria. Él es consciente de su incapacidad para refutar el milagro con la certeza de la demostración matemática.

Con todo, la posibilidad formal de que haya ocurrido no le produce realmente más inquietud que el temor de que el agua no esté compuesta por oxígeno e hidrógeno. El cristiano tampoco pretende necesariamente tener pruebas demostrativas. Sin embargo, la posibilidad formal de que Dios no exista no entraña el menor atisbo de duda sobre su existencia. Algunos cristianos sostienen que hay pruebas demostrativas de la existencia de Dios. Tal vez haya también materialistas dispuestos a afirmar que hay refutaciones demostrativas. Cualquiera de los dos podría estar en lo cierto (caso de que lo esté alguno), siempre que se limitara a afirmar que la demostración o refutación es conocimiento, no creencia o incredulidad. Estamos hablando de creencia e incredulidad en su más alto grado. En cambio, al referirnos al conocimiento, no aludimos a su forma más elevada. En este sentido, la creencia es, a mi juicio, asentimiento a una proposición cuya elevada probabilidad lleva a la exclusión psicológica de la duda, pero no a la eliminación lógica de la disputa.

Cabe preguntar si este género de creencia (y, por supuesto, de incredulidad) es adecuado para las proposiciones no teológicas. A mi juicio, muchas convicciones provocan un tipo de asentimiento semejante. Ciertas posibilidades nos parecen tan grandes que la ausencia de certeza lógica no provoca en nosotros la menor sombra de duda. Las creencias científicas de los no científicos tienen con frecuencia ese carácter, especialmente entre personas de escasa formación. La mayor parte de nuestras creencias sobre los demás son del mismo tipo. El propio científico, o cualquiera que haya trabajado como tal en un laboratorio, tiene determinadas convicciones sobre su esposa y sus amigos. Ninguna de ellas carece, a su juicio, de evidencia. Más aún, poseen una certeza superior a la que pueda proporcionar la evidencia de laboratorio. La mayoría de las personas de mi generación tiene una creencia en la realidad del mundo y de los demás hombres muy superior a la de los argumentos más convincentes, o, si lo prefieren, no creen en el solipsismo. Tal vez sea cierto, como se dice ahora, que todo fuera fruto de errores básicos, que se tratara de un pseudoproblema. Mas en los años veinte no lo sabíamos. A pesar de todo, nos las arreglábamos para no creer en el solipsismo.

No consideraremos, como es natural, el problema de la fe sin evidencia. Debemos evitar la confusión entre el modo genuinamente cristiano de asentir a ciertas proposiciones y la forma de cumplirlas posteriormente. Es preciso distinguir cuidadosamente ambas cosas. Por otro lado, la afirmación de que los cristianos recomiendan un cierto menosprecio de las evidencias aparentemente contrarias es cierta de algún modo. Más tarde intentaré explicar por qué. Sin embargo, sin evidencia o algo semejante a ella, no se puede esperar, a mi juicio, el asentimiento inmediato del hombre a esas proposiciones. En cualquier caso, si algunas personas esperan algo semejante, yo no me encuentro entre ellas. Quien acepta el cristianismo considera siempre que tiene evidencia suficiente. En ocasiones, como en el caso de Dante, se trata de *fisici e metafisici argomenti*; en otras, de evidencia histórica, de testimonios derivados de la experiencia religiosa, de argumentos de autoridad o de todo ello a la vez. La autoridad, por más que habitualmente la estimemos solo en este o aquel caso particular, es también un tipo de evidencia. Todas las creencias históricas, la mayoría de las geográficas y buena parte de las referidas a los asuntos de la vida cotidiana son aceptadas por la autoridad de otros seres humanos, tanto si somos cristianos como si somos ateos, científicos u hombres de la calle.

No es propósito de este ensayo considerar la evidencia de uno u otro tipo en la que el cristiano funda su fe. Hacerlo exigiría escribir una *apología* de gala. En este momento solo necesito indicar que, en el peor de los casos, la evidencia no puede ser demasiado débil, pues de lo contrario podría dar pábulo a la opinión de que los que se dejan convencer por ella son indiferentes a la demostración. La historia del pensamiento parece aclararlo magníficamente. De hecho, los creyentes no se distinguen, como es sabido, de los no creyentes por una manifiesta inferioridad intelectual ni por rechazar perversamente el pensar. Muchos de ellos han sido personas dotadas de una inteligencia poderosa. Otros han sido grandes científicos. Tal vez podamos suponer que estaban equivocados. En ese caso hemos de admitir, sin embargo, que su error era cuando menos plausible. Podríamos concluir, en última instancia, que derivaba de la multitud y diversidad de

argumentos. Contra la religión no se ha presentado exclusivamente una respuesta, sino muchas. Hay quienes sostienen, como Capaneus in Statius, que es una proyección
de nuestros temores primitivos: *primus in orbe deos fecit
timor*. Otros afirman con Euhemerus que es una «estrata-
gema» urdida por reyes, sacerdotes o capitalistas inicuos.
Algunos, Taylor entre ellos, dicen que deriva de los sueños
sobre los muertos. Para Frazer se trata de un subproducto
de la agricultura. Freud la considera como un complejo,
y los modernos como un error fundamental. Nunca po-
dré considerar completamente exento de plausibilidad un
error contra el que desde el principio ha parecido necesario emplear tantas y tan variadas armas defensivas. Esta
«precipitación del correo, esta agitación en el país» implica, obviamente, un enemigo respetable.

La doctrina del deseo encubierto ha alterado, a juicio
de algunos contemporáneos, la situación entera. Todos
ellos sostienen que determinados hombres, aparentemente racionales por lo demás, han sido engañados por
los argumentos en favor de la religión. Primero fueron
traicionados, aseguran, por sus propios deseos, y posteriormente urdieron silogismos como un modo de racio-
nalización. Sus argumentos no han sido nunca, siguen
diciendo, ni siquiera razones intrínsecamente plausibles,
aun cuando parecieran serlo merced a la estimación secreta por parte de nuestros deseos. Tal vez puedan ocu-
rrir cosas así al reflexionar sobre la religión o sobre otras
cuestiones. Sin embargo, me parece completamente

inservible como explicación general del asentimiento religioso. Nuestros deseos pueden apoyar en este asunto a cualquiera de ambos lados, o incluso a los dos. La idea de que todo hombre quedaría complacido —meramente complacido— si pudiera establecer que el cristianismo es verdadero me parece sencillamente ridícula. Si Freud estuviera en lo cierto acerca del complejo de Edipo, la presión universal del deseo contra la existencia de Dios sería enorme, y el ateísmo constituiría una admirable gratificación para uno de nuestros impulsos reprimidos más fuertes. Este argumento podría ser utilizado, de hecho, por parte de los teístas. Yo no tengo, empero, la menor intención de hacerlo. Ese género de razonamiento no ayudará realmente a ninguna de las partes. Es fatalmente ambivalente. Los teístas y los no teístas desean por igual. Por lo demás, existe tanto el cumplimiento del temor como el del deseo, y los temperamentos hipocondríacos tenderán a considerar verdadero lo que desean vivamente que sea falso. Así pues, en lugar de una situación difícil, sobre la que nuestros oponentes centran ocasionalmente la atención, hay realmente cuatro. Un hombre puede ser cristiano por querer que el cristianismo sea verdadero, ateo por el deseo de que lo sea el ateísmo, cristiano por pretender que sea cierto el ateísmo y ateo por anhelar que lo sea el cristianismo. ¿Se oponen entre sí estas posibilidades? Tal vez no carezca de utilidad analizar un ejemplo particular de creencia o incredulidad cuya historia nos sea conocida. Sin embargo, no nos servirá de ayuda como explicación general de cualquiera de las dos actitudes. No servirá, a mi juicio, para destruir la idea de que hay evidencia a favor y en contra de las proposiciones cristianas susceptibles de ser valoradas de modo diferente por espíritus racionales honestos.

Les pido que sustituyan, pues, un cuadro diferente y menos ordenado por el mencionado al principio. En él se enfrentan entre sí, como recordarán, dos tipos diferentes de hombre separados por un abismo: los científicos, que establecían una correspondencia entre creencia y evidencia, y los cristianos, que no lo hacían así. La imagen preferida por mí es semejante a ella.

Los hombres tratan de huir cuando les es posible de la región de la creencia para adentrarse en la del conocimiento, y si consiguen el saber no vuelven a decir que creen. Los problemas interesantes para el matemático se pueden resolver siguiendo una técnica estricta y particularmente clara. Los del científico tienen la suya propia, enteramente distinta. Los del historiador y el juez, por su parte, son también distintos de los anteriores. Hasta donde los legos podemos conjeturar, la fórmula del matemático utiliza el razonamiento, la del científico el experimento, la del historiador el documento, la del juez el testimonio concurrente declarado bajo juramento. Como hombres, todos ellos tienen determinadas creencias sobre cuestiones ajenas a sus disciplinas a las que no aplican normalmente los métodos adecuados para ellas. Si lo hicieran, levantarían cierta sospecha de morbidez e incluso de locura. La fuerza de la creencia varía desde la opinión débil a la completa certidumbre subjetiva. Entre las formas fuertes de creencia se encuentra la fórmula «creo» pronunciada por el cristiano y la expresión «no creo ni una palabra» proferida por el ateo. El tema genuino de discrepancia entre ambos no implica necesariamente una fuerza semejante de creencia o incredulidad. Hay quienes creen moderadamente en la existencia o no existencia de Dios. En cambio, la creencia o incredulidad de otros carece absolutamente de dudas. Toda creencia, las débiles y las fuertes, se asienta, según los que la tienen, en evidencias. Pero los creyentes firmes y los incrédulos decididos consideran sus testimonios particularmente incontrovertibles. No es preciso suponer completa insensatez en ninguno de ellos. Basta con considerarlos equivocados. Uno de ellos ha estimado erróneamente la evidencia. Ni siquiera así se puede suponer, sin embargo, que el error sea de naturaleza escandalosa. De otro modo no podría continuar el debate.

Todo cuanto llevamos dicho es suficiente para explicar el modo específicamente cristiano de asentir a determinadas proposiciones. Ahora debemos examinar un problema enteramente diferente: la observancia de las creencia previamente formadas. La acusación de irracionalidad y resistencia al testimonio evidente se transforma ahora en algo realmente importante. Es preciso admitir de entrada que los cristianos ensalzan el acatamiento referido como una actitud digna de mérito. En cierto sentido, más meritoria cuanto más fuertes sean los alegatos aparentes contra su creencia. Los cristianos son conscientes de la posibilidad de que surjan evidencias supuestamente contrarias —«pruebas puestas a la fe» o «tentaciones para inducir a la duda»—, y deciden de antemano ofrecerle resistencia. Un modo semejante de proceder, a diferencia de la conducta exigida al científico o el historiador en sus respectivas disciplinas, es ciertamente chocante. Para ambos es necio y vergonzoso ocultar o ignorar el menor testimonio contra una hipótesis preferente. Los supuestos se deben someter a todas las comprobaciones necesarias, y se debe promover la duda. Hecho todo ello, las hipótesis dejan de ser creencias. Por lo demás, si no consideramos al científico ocupado con sus hipótesis de laboratorio, sino en medio de sus creencias sobre la vida ordinaria, se debilita el contraste entre él y el cristiano. ¿Considera el científico un deber, cuando le asalta por primera vez la duda sobre la fidelidad de su esposa, examinar la sospecha con absoluta imparcialidad, desarrollar una serie de experimentos para verificarla y expresar el resultado con pura neutralidad de ánimo? Al final podrá llegar, tal vez, a algo semejante. Hay esposas infieles y maridos experimentales. Ahora bien, ¿le recomendarían sus hermanos científicos —todos menos uno, pongamos por caso— proceder así como primera medida, como única forma de obrar coherente con su honor de científico? ¿No lo acusarían, como hacemos nosotros, de imperfección moral, en lugar de alabarlo por su virtud intelectual, si procedieran de ese modo?

La reflexión anterior ha sido propuesta exclusivamente como prevención contra la tendencia a exagerar la diferencia entre la tenacidad del cristiano en asuntos de fe y la conducta de la gente corriente acerca de sus creencias no teológicas. Lejos de mí pretender que el caso supuesto sea completamente paralelo al tesón del cristiano. La evidencia sobre la infidelidad de la esposa podría aumentar y alcanzar posteriormente una fuerza tal que haría del científico un hombre digno de compasión si no le prestara crédito. En cambio, los cristianos parecen alabar una adhesión a la creencia original capaz de resistir cualquier evidencia. Intentaré explicar por qué la conclusión lógica de la creencia original es, efectivamente, el elogio.

El mejor modo de hacerlo es reflexionar por un momento sobre situaciones en que las cosas son al revés. El cristianismo exige de nosotros una fe como la referida. Pero nosotros también la solicitamos de los demás en algunas ocasiones. En determinadas circunstancias, el único modo de hacer lo que nuestros semejantes necesitan consiste en que confíen en nosotros. Un obstáculo insuperable para liberar a un perro de la trampa, extraer una espina del dedo a un niño, enseñar a un muchacho a nadar, salvar a otro que no sabe o rescatar a un principiante asustado de un lugar peligroso en la montaña, es la desconfianza. A quienes se encuentran en esas circunstancias les pedimos confianza en nosotros casi contra sus sentidos, imaginación e inteligencia. Les exigimos que crean que lo doloroso aliviará su dolor y lo aparentemente peligroso les ofrecerá seguridad. Les rogamos asentimiento a aparentes imposibilidades como estas: introducir la pata en la trampa para sacarla de ella, dañar todavía más el dedo para suprimir el dolor, atribuir al agua, realidad manifiestamente permeable, capacidad de aguantar y sostener el cuerpo, no agarrarse al único apoyo a nuestro alcance para no hundirse ni ascender hasta un saledizo descubierto para no despeñarse. El único apoyo de estos *incredibilia* es la confianza depositada en nosotros. Se trata de un crédito no fundado en demostraciones, sino surgido de la emoción. Si somos extranjeros, el único apoyo de la confianza tal vez sea la seguridad ofrecida por el aspecto de nuestro rostro o el tono de nuestra voz —o nuestro olor si se trata del perro atrapado en la trampa—. La incredulidad de los demás nos impide en ocasiones llevar a cabo obras grandiosas. Y, a la inversa, si acertamos a realizarlas, deberemos buscar la causa en la fe mantenida contra la evidencia aparentemente contraria. Nadie nos culpará por pedir una fe así ni censurará a los demás por brindárnosla. Nadie dirá más tarde que solo un perro sin inteligencia, un niño o un muchacho especiales podrían confiar en nosotros. Si el joven montañero fuera un científico, no se podría argumentar contra él al solicitar una beca que en cierta ocasión se apartara de la regla de evidencia de Clifford y considerara una creencia con más fuerza de la que estaba obligado lógicamente a concederle.

Aceptar las proposiciones del cristianismo es *ipso facto* considerar nuestra situación respecto a Dios, con las modificaciones adecuadas al caso, como la del perro, el niño, el bañista o el alpinista en relación con nosotros. La conclusión estrictamente lógica de ello es juzgar apropiada para nosotros, pero en un sentido mucho más eminente, la conducta estimada adecuada para ellos. No estoy diciendo —repárese bien en ello— que la fuerza de nuestra creencia original deba producir una conducta así por necesidad psicológica, sino que su contenido incluye lógicamente la proposición de que ese comportamiento es correcto. Si la vida humana está ordenada de hecho por un Ser Benéfico, cuyo conocimiento de nuestras necesidades reales y del modo de satisfacerlas excede infinitamente al nuestro propio, debemos esperar *a priori* que sus operaciones nos parezcan a menudo muy alejadas de la prudencia y la sabiduría. En esas ocasiones, la más alta cordura consistirá en darle nuestra confianza pese a todo. Esta expectativa aumenta por el hecho de que al aceptar el cristianismo se nos advierte de la eventual aparición de evidencias supuestas contra él con una fuerza capaz de «engañar al verdadero elegido si fuera posible». Dos hechos hacen tolerable nuestra situación. El primero consiste en nuestra capacidad para descubrir evidencias favorables junto a testimonios aparentemente adversos. La evidencia adopta a veces la forma de un acontecimiento externo. Así ocurre cuando, movidos por un impulso experimentado como un capricho, vamos a ver a un hombre y descubrimos que ha estado orando para que viniéramos a su casa ese día. En otras ocasiones es semejante a la certidumbre que induce al montañero o al perro a confiar en su rescatador —su voz, aspecto u olor—. Los cristianos tenemos un conocimiento —los no creyentes deben considerarnos, de acuerdo con sus creencias, ilusos por ello— de la Persona en que creemos derivado de la familiaridad con ella, aun cuando se trate de un conocimiento imperfecto e intermitente. No tenemos confianza porque exista «un dios», sino porque existe *este* Dios. Y si nosotros no nos atrevemos a afirmar que lo «conocemos», la cristiandad sí, y confiamos en algunos de sus representantes gracias al mismo motivo: por la clase de personas que son. El segundo hecho podemos expresarlo como sigue. Ahora estamos en condiciones de entender por qué se nos puede exigir una confianza superior a la evidencia o contra los testimonios más o menos aparentes, si nuestra creencia original es verdadera. El problema no consiste en recibir ayuda para salir de una trampa o alcanzar un lugar difícil en la escalada. Creemos que su designio es crear una cierta relación personal con nosotros, una relación verdaderamente *sui generis*, pero susceptible de ser descrita en términos de amor filial o amor erótico. Un ingrediente de esta relación es la confianza completa. Una amistad así no tiene posibilidad de crecer cuando hay lugar para la duda. Amar implica confiar en el amado más allá de la evidencia, e incluso contra ella. Quien solo crea en nuestras buenas intenciones después de haberlas verificado no puede ser amigo nuestro. Tampoco puede serlo quien se apresura a aceptar cualquier evidencia contra ellas. La confianza entre un hombre y otro es ensalzada casi universalmente como belleza moral, no demostrada como error lógico. Por su parte, el sospechoso suele ser más acusado por mezquindad de carácter que admirado por la excelencia de su lógica.

Como fácilmente pueden comprender, no existe un paralelismo real entre la tenacidad cristiana y el tesón de un mal científico dispuesto a mantener una hipótesis aun cuando la evidencia se haya vuelto contra ella. Los no creyentes tienen la impresión de que la adhesión a nuestra fe es semejante, pues conocen el cristianismo, cuando lo conocen, fundamentalmente a través de obras apologéticas. En ellas, la existencia y bondad de Dios deben aparecer como una cuestión especulativa junto a las demás. En realidad es un problema teórico en la medida en que sea considerado de un modo u otro como tal. Ahora bien, una vez resuelto de manera afirmativa, alcanzamos una situación enteramente distinta. Creer en la existencia de Dios —al menos en la de *este* Dios— es creer que como personas nos hallamos también ahora en presencia de un Dios personal. La anterior diversidad de opiniones se torna ahora divergencia de actitudes personales hacia Dios. Ya no nos enfrentamos a un argumento que exige nuestro asentimiento, sino a una Persona que pide nuestra confianza. Una débil analogía de todo ello podría ser lo siguiente. Una cosa es discutir *in vacuo* acerca de si fulano se reunirá con nosotros esta noche, y otra distinta hacerlo cuando ha empeñado su honor en venir y cuando de su llegada depende un asunto importante. En el primer caso, sería razonable ir perdiendo progresivamente la confianza en su llegada una vez que el reloj señalara la hora convenida. En el segundo, cuando hemos depositado nuestra confianza en el amigo, deberíamos atribuir a su carácter la espera ininterrumpida hasta bien entrada la noche. ¿Quién no se sentiría avergonzado si, después de haber perdido la esperanza en su llegada, se presentara con una explicación convincente del retraso? ¿No tendríamos la sensación de que deberíamos haberlo conocido mejor?

Ahora vemos tan claramente como ustedes que todo ello tiene un doble filo. Necesitamos obviamente, sobre todo si es cierta, una fe así. Carecer de ella es infinitamente ruinoso. Sin embargo, puede existir también una fe semejante en casos en que no haya fundamento para ello. El perro puede lamer el rostro del hombre que se acerca a sacarlo de la trampa, aun cuando este se proponga acaso practicarle la vivisección en South Park Road después de haberlo liberado. Las gallinas, que acuden a la llamada «pitas, pitas, coman y engorden para morir», tienen confianza en la esposa del granjero. Pero ella les retuerce el pescuezo por los trabajos que le han acarreado. En una famosa historia francesa se narra un incendio en el teatro. El pánico se extiende, los espectadores dejan de ser auditorio y se convierten en gentío. En ese momento, un corpulento hombre barbudo se dirige al escenario saltando a través de la orquesta, extiende los brazos con un ademán lleno de nobleza y grita: *Que chacun regagne sa place*. Es tal el porte del hombre y la autoridad de su voz, que los espectadores le obedecen. Como consecuencia, mueren todos abrasados por el fuego. Entre tanto, el hombre barbudo se dirige tranquilamente a través de los bastidores hasta la puerta del teatro, toma un taxi que esperaba a alguien y se dirige a su casa a dormir.

La demanda de confianza por parte de un verdadero amigo no se distingue de la de alguien que hubiera abusado de ella. La negativa a concederla, que es una actitud sensata ante quien abusa de nuestra franqueza, es poco generosa e innoble como respuesta al amigo, y enormemente dañina para nuestra relación con él. Si nuestra fe es verdadera, es extraordinariamente razonable tomar precauciones y protegerse de los testimonios aparentemente adversos. En cambio, si es ilusoria, ambas cosas serán obviamente el método adecuado para convertir el engaño en incurable. Ser consciente de estas posibilidades y, sin embargo, rechazarlas, es evidentemente el modo adecuado —el único posible— de responder personalmente a Dios. La ambigüedad no es, en este sentido, algo en pugna con la fe, sino una condición que la hace posible. Cuando alguien pide nuestra confianza, podemos dársela o negársela. Pero carece de sentido decir que la otorgaremos cuando se nos ofrezcan certezas susceptibles de demostración. Si se dieran demostraciones, no habría lugar para la confianza. Después de la demostración queda sencillamente la relación, anterior a ella, derivada de la confianza o la falta de confianza.

La afirmación «bienaventurados los que no han visto y han creído» no tiene nada que ver con nuestro asentimiento original a las proposiciones cristianas. La sentencia no iba dirigida al filósofo que pregunta si Dios existe. su destinatario era el hombre que ya creía en ella, que conocía desde hacía tiempo a una Persona particular, y poseía evidencia de Su poder de hacer cosas maravillosas y rehusaba creer cualquier otra maravilla nueva, predecida a menudo por esa Persona y confirmada por sus amigos íntimos. No es, pues, un reproche al escepticismo filosófico, sino a la índole psicológica del «sospechoso». Por eso se dice también, efectivamente, «deberías haberme conocido mejor». Entre los hombres hay casos que deberían movernos a bendecir, cada cual a su modo, a aquellos que no han visto y han creído. La relación con quienes confían en nosotros después de ser declarados inocentes por el juez no puede ser como el vínculo con quienes los hicieron desde el principio.

Nuestros adversarios tienen perfecto derecho, pues, a discutir con nosotros sobre los fundamentos de nuestro asentimiento original. Pero no deben acusarnos de completa locura si, después de haber dado nuestra aprobación, la adhesión a ella no guarda relación con las fluctuaciones de la evidencia aparente. No se puede esperar, como es natural, que conozcan de qué se nutre nuestra confianza ni cómo renace y surge continuamente de sus cenizas. Tampoco es legítimo suponer que entiendan cómo la *cualidad* del objeto, del que ahora empezamos a lograr, según creemos, un cierto conocimiento, nos lleva a sostener que, si fuera un engaño, nos veríamos obligados a afirmar que el universo no ha producido nada real de valor comparable. Las explicaciones de la farsa parecerían triviales comparadas con la realidad explicada. Se trata de un conocimiento imposible de comunicar. Pese a todo, pueden entender cómo el asentimiento nos traslada necesariamente desde la lógica del pensamiento especulativo a algo que se podría llamar tal vez lógica de las relaciones personales. Lo que hasta ese momento habían sido sencillamente cambios de opinión se transforman en variaciones de conducta de una persona hacia otra Persona. *Credere Deum esse* se torna *Credere in Deum*. Y *Deus* significa aquí Dios, el Señor cada vez más cognoscible.

TRANSPOSICIÓN

EN LA IGLESIA a la que pertenezco, este día se destaca para conmemorar el descenso del Espíritu Santo sobre los primeros cristianos poco después de la ascensión. Quiero considerar uno de los fenómenos que acompañaron, o prosiguieron, a este descenso: el fenómeno que nuestra traducción llama «hablar en lenguas» y que los entendidos llaman *glosolalia*. No piensen que creo que es el aspecto más importante de Pentecostés, pero tengo dos razones para seleccionarlo. En primer lugar, sería ridículo que hablase de la naturaleza del Espíritu Santo o de los modos en los que opera; eso sería un intento de enseñar cuando tengo casi todo que aprender. En segundo lugar, la *glosolalia* me ha supuesto a menudo un escollo. Es, siendo sincero, un fenómeno embarazoso. El mismo san Pablo parece que se sintió bastante avergonzado por ello en 1 Corintios e insiste en hacer volver el deseo y la atención de la iglesia a dones obviamente más edificantes. Pero no va más allá. Lanza casi entre paréntesis la afirmación de que él mismo habla en lenguas más que ninguno, y no cuestiona la fuente espiritual, o sobrenatural, del fenómeno.

La dificultad que siento es esta. Por un lado, la *gloso-lalia* ha seguido siendo una «variedad de la experiencia religiosa» intermitente hasta llegar al día de hoy. De vez en cuando escuchamos que en algún «servicio de avivamiento» uno o más de los presentes ha irrumpido en un torrente de lo que parece ser un galimatías. La cosa no parece ser edificante, y todas las opiniones no cristianas lo considerarían una especie de histeria, una descarga involuntaria de la excitación nerviosa. Incluso gran parte de la opinión cristiana explicaría la mayoría de los casos exactamente del mismo modo; y debo confesar que sería difícil creer que en todas las ocasiones está actuando el Espíritu Santo. Sospechamos, incluso aunque no podamos estar seguros, que normalmente es una cuestión nerviosa. Ese es un lado del dilema. Por otro lado, no podemos como cristianos dar carpetazo a la historia de Pentecostés ni negar que allí el hablar en lenguas fue un fenómeno milagroso. Porque los hombres no hablaron galimatías, sino lenguas desconocidas para ellos y conocidas para parte de los presentes. Y todo el suceso del que forma parte está insertado dentro del mismo tejido del relato del nacimiento de la iglesia. Este es el acontecimiento mismo que el Señor resucitado le dijo a la iglesia que esperase, casi en las últimas palabras que pronunció antes de su ascensión. Parece, por tanto, como si el mismo fenómeno que a veces es no solo innatural sino patológico, en otros momentos (o al menos en otro único momento) es la herramienta del Espíritu Santo. Y esto a primera vista parece muy sorprendente y muy susceptible de ataques. El escéptico aprovechará esta oportunidad para hablarnos de la navaja de Ockham, acusándonos de multiplicar las hipótesis. Si la mayoría de casos de *glosolalia* encubren histeria, ¿acaso no es (preguntará él) altamente probable que esa explicación se aplique también al resto de casos?

Dentro de mis posibilidades, quisiera aportar algo de luz a ese problema. Y comenzaré señalando que pertenece a una clase especial de dificultades. El paralelismo más cercano dentro de esta clase se plantea en el lenguaje erótico y la simbología que encontramos en los místicos. En ellos encontramos todo un rango de expresiones —y, en consecuencia, posiblemente de emociones— con las cuales estamos bastante familiarizados en otro contexto y que, en ese otro contexto, tienen una importancia clara y natural. Pero en los escritos místicos se asegura que estos elementos tienen una causa diferente. Y una vez más el escéptico preguntará por qué la causa que con semejante alegría aceptamos para noventa y nueve casos de tal lenguaje no se podría sostener para abarcar también el centésimo. La hipótesis de que el misticismo es un fenómeno erótico le parecerá mucho más probable que cualquier otra.

Planteado en sus términos más generales, nuestro problema es el de la obvia continuidad entre las cosas que son ciertamente naturales y las que, según se asegura, son espirituales. Es decir, concierne a la reaparición en nuestra vida sobrenatural de los mismos viejos elementos que constituyen nuestra vida natural y (según parece) de ningún otro. Si realmente hemos sido visitados por una revelación que va más allá de la naturaleza, ¿no es extraño que Apocalipsis pueda describir el cielo limitándose a una selección de experiencias terrestres (coronas, tronos y música), y sin embargo la devoción no pueda encontrar otro lenguaje que el de los amantes humanos, y que el rito mediante el cual los cristianos representan una unión mística sea al fin y al cabo el viejo acto familiar de comer y beber? Y además —podrán ustedes añadir—, exactamente el mismo problema se produce en un nivel más inferior, no solo entre lo espiritual y lo natural, sino también entre niveles más altos y más bajos de vida natural. De ahí que los escépticos cuestionen muy plausiblemente nuestra civilizada concepción de la diferencia entre amor y lujuria señalando que, a fin de cuentas, ambas suelen terminar en lo que es, físicamente, idéntico acto. Del mismo modo cuestionan la diferencia entre justicia y venganza sobre la base de que el fin del criminal tal vez sea el mismo en ambos contextos. Admitamos que, en ambos casos, los cínicos y los escépticos tienen un buen argumento *prima facie*. Tanto en la justicia como en la venganza reaparecen los mismos actos; la consumación del amor conyugal y humanizado es fisiológicamente similar a la de la lujuria meramente biológica; el lenguaje y la simbología de la religión, y probablemente también la emoción religiosa, no contienen nada que no hayan tomado de la naturaleza.

Me parece que el único modo de refutar esta crítica es mostrar que el mismo argumento *prima facie* es igualmente plausible en algunos casos en los que todos sabemos (no por fe o por lógica, sino empíricamente) que es falso. ¿Podemos encontrar un ejemplo de cosas más altas y más bajas donde lo más alto esté dentro de las experiencias de casi todo el mundo? Creo que podemos. Consideremos la siguiente cita del *Diario de Samuel Pepys*:

> [He ido] con mi esposa al King's House para ver *The Virgin Martyr*; y es sumamente agradable [...]. Pero lo que me ha deleitado más que nada en el mundo ha sido la música de viento cuando el ángel baja, que es tan dulce que me embelesa y, de hecho, en una palabra, envuelve mi alma de tal manera que realmente me enferma, igual que en otro tiempo, cuando he estado enamorado de mi esposa [...] y me hace decidirme a practicar la música de viento y a hacer que mi esposa haga lo mismo. (27 de febrero de 1668).

Hay varias cosas que señalar aquí que merecen atención: (1) que la sensación interna que acompaña al intenso placer estético era indistinguible de la sensación que acompaña a otras dos experiencias: la de estar enamorado y la de estar, digamos, cruzando un canal tempestuoso; (2) que, de esas otras dos experiencias, al menos una es todo lo contrario del placer: nadie disfruta de las náuseas; (3) que Pepys estaba, no obstante, ansioso por tener de nuevo esa experiencia, aunque iba acompañada de exactamente las mismas sensaciones que acompañan a la enfermedad. Por eso decidió dedicarse a la música de viento.

Posiblemente, no muchos de nosotros hayamos compartido en toda su plenitud la experiencia de Pepys, pero todos hemos experimentado algo así. En cuanto a mí, sé que si durante un momento de intenso éxtasis estético uno intenta recuperarse y comprender por introspección qué es lo que realmente está sintiendo, no puede echar mano a otra cosa que una sensación física. En mi caso es una especie de golpe o revoloteo en el diafragma. Tal vez eso es todo a lo que se refería Pepys con «realmente me enferma». Pero lo importante es esto: encuentro que este golpe o revoloteo es exactamente la misma sensación que, en mí, acompaña a una angustia grande y repentina. La introspección puede que no descubra ninguna diferencia en absoluto entre mi respuesta neuronal a una noticia realmente mala y mi respuesta neuronal a la obertura de *La flauta mágica*. Si fuera a juzgar solamente por las sensaciones, llegaría a la absurda conclusión de que la alegría y la angustia son la misma cosa, que lo que más temo es lo mismo que lo que más deseo. La introspección no descubre nada más ni diferente en uno que en el otro. Y supongo que la mayoría de ustedes, si tienen el hábito de percatarse de estas cosas, contarán más o menos lo mismo.

Ahora vayamos un paso más allá. Estas sensaciones (la enfermedad de Pepys y mi revoloteo en el diafragma) no se limitan a acompañar a experiencias muy diferentes como un complemento irrelevante o neutral. Podemos estar seguros de que Pepys odiaba esta sensación cuando se trataba de auténtica enfermedad, y sabemos por sus propias palabras que le gustaba cuando se trataba de la música de viento, porque tomó medidas para asegurarse de volver a tenerla. Yo también amo este revoloteo interno en un contexto y lo llamo placer, y lo odio en otro y lo llamo miseria. No es un mero signo de alegría y angustia; se convierte en lo que significa. Cuando la alegría, pues, fluye por los nervios, este desbordamiento es la consumación del gozo; cuando la angustia fluye de este modo, ese síntoma físico es el horror que corona tal angustia. Lo mismo que la gota más dulce de todas representa en la dulce copa es lo que también la gota más amarga representa en la copa amarga.

Y aquí, creo yo, hemos encontrado lo que estamos buscando. Considero que nuestra vida emocional es «superior» a la vida de nuestras sensaciones; por supuesto, no superior moralmente, sino más rica, más variada, más sutil. Y este es un nivel superior que casi todos conocemos. Y creo que cualquiera que observe cuidadosamente la relación entre sus emociones y sus sensaciones descubrirá los siguientes hechos: (1) que los nervios sí responden, y en un sentido más adecuado y exquisito, a las emociones; (2) que sus recursos son mucho más limitados y las posibles variaciones en sus sensaciones son mucho menores que las de la emoción; y (3) que las sensaciones compensan esto usando la *misma* sensación para expresar más de una emoción; incluso, como hemos visto, para expresar emociones opuestas.

Tendemos a equivocarnos cuando damos por sentado que, si ha de haber una correspondencia entre dos sistemas, debe ser una correspondencia de uno a uno: que *A* en un sistema debe ser representada mediante *a* en el otro, y así sucesivamente. Pero la correspondencia entre emoción y sensación no es de esa clase. Y nunca podrá haber correspondencia de esa clase donde uno de los sistemas sea realmente más rico que el otro. Si el sistema más rico ha de ser representado en el más pobre de todos, solo puede serlo dando más de un significado a cada elemento del sistema más pobre. La transposición del más rico en el más pobre debe ser, por así decirlo, algebraica, no aritmética. Si has de traducir de una lengua que tiene un gran vocabulario a una que tiene uno pequeño, debes poder usar varias palabras en más de un sentido. Si has de escribir una lengua con veintidós sonidos vocálicos en un alfabeto con solo cinco caracteres de vocal, se te debe permitir darle a cada uno de esos cinco caracteres más de un valor. Si estás haciendo una versión para piano de una pieza originalmente instrumentada para una orquesta, las mismas notas de piano que representan a las flautas en un pasaje deben también representar a los violines en otro.

Como muestran los ejemplos, estamos bastante familiarizados con esta clase de transposición o adaptación desde un medio más rico a uno más pobre. El ejemplo más familiar de todos es el del arte del dibujo. El problema aquí es representar un mundo tridimensional en una hoja de papel plana. La solución es la perspectiva, y la perspectiva significa que debemos darle más de un valor a una forma bidimensional. Por eso en el dibujo de un cubo usamos un ángulo agudo para representar lo que es un ángulo recto en el mundo real. Pero, en otros lugares, un ángulo agudo en el papel puede representar lo que en realidad es un ángulo agudo en el mundo real: por ejemplo, la punta de una lanza o el aguilón de una casa. La forma que debemos dibujar para dar la ilusión de un camino recto alejándose del espectador es exactamente la forma que usamos para dibujar un capirote. Y con las sombras pasa igual que con las líneas. La luz más brillante de un dibujo es, en sentido literal, solo papel blanco liso, y este debe servir para el sol, para un lago a la luz de la tarde, para la nieve o para la carne humana.

Haré a continuación dos comentarios acerca de los casos de transposición que ya he presentado:

1. Está claro que en ambos casos lo que está pasando en el medio inferior solo puede entenderse si conocemos el medio superior. El ejemplo en el que este conocimiento suele ser más deficiente es en el musical. La versión de piano significa una cosa para el músico que conoce la orquestación original y otra cosa para el hombre que lo escucha simplemente como una pieza de piano. Pero el segundo hombre tendría una desventaja aún mayor si nunca hubiera escuchado ningún instrumento salvo un piano e incluso dudase de la existencia de otros instrumentos. Más aún, entendemos los cuadros porque conocemos y habitamos el mundo en tres dimensiones. Si

podemos imaginar una criatura que percibiese solamente dos dimensiones y aun así pudiera ser consciente de algún modo de las líneas mientras reptase sobre ellas en el papel, veríamos cuán imposible sería que lo entendiese. Al principio puede que estuviera preparado para aceptar, por principio de autoridad, nuestra aseveración de que existe un mundo en tres dimensiones. Pero cuando señalásemos las líneas sobre el papel y tratásemos de explicarle: «Esto es una carretera», ¿no respondería que la forma que le estamos pidiendo que acepte como revelación de nuestro misterioso mundo sería la misma forma que, desde nuestro punto de vista, en cualquier otro lugar sería nada más que un triángulo? Y en seguida, creo yo, diría: «Siguen hablándome de este otro mundo y sus formas inimaginables a las que llaman sólidos. ¿Pero no es muy sospechoso que todas las formas que me ofrecen como imágenes o reflejos de los sólidos resulten no ser, al inspeccionarlas, más que las viejas formas bidimensionales de mi mundo tal como siempre las he conocido? ¿No es obvio que su tan cacareado otro mundo, lejos de ser el arquetipo, es un sueño que toma todos sus elementos de este mundo?».

2. Es importante fijarse en que la palabra *simbolismo* no es adecuada en todos los casos para cubrir la relación entre el medio superior y su transposición al inferior. Algunos casos los explica perfectamente, pero otros, no. La relación entre el habla y la escritura es la propia del simbolismo. Los caracteres escritos solamente existen para el ojo; las palabras habladas, solo para el oído. Hay una completa

discontinuidad entre ellos. No se parecen entre sí, ni uno causa que el otro exista. Uno es simplemente un *signo* del otro y lo representa por convención. Pero un cuadro no se relaciona con el mundo visible de ese mismo modo. Los cuadros son parte del mundo visible y lo representan solamente por ser parte de él. Su visibilidad tiene la misma fuente. Los soles y las lámparas de los cuadros parecen brillar solo porque los soles o las lámparas reales brillan sobre ellos; es decir, parece que brillan mucho porque en realidad brillan un poco al reflejar sus arquetipos. La luz del sol en un cuadro, por lo tanto, no está relacionada con la auténtica luz solar del mismo modo que las palabras escritas lo están con las habladas. Es un signo, pero también algo más que un signo; y solo un signo porque también es algo más que un signo, porque en él lo señalado está realmente presente en cierto modo. Si tuviera que nombrar la relación, no la llamaría simbólica, sino sacramental. Pero en el caso con el que empezamos —el de la emoción y la sensación— vamos más allá del mero simbolismo. Porque en él, como hemos visto, la misma sensación no acompaña meramente, ni indica meramente, emociones diversas y opuestas, sino que se vuelve parte de ellas. La emoción desciende físicamente, por así decirlo, en la sensación, y la digiere, la transforma, la transubstancia, de manera que la misma sensación en los nervios *es* placer o *es* agonía.

No digo que eso que yo llamo transposición sea el único modo posible en el que un medio más pobre puede responder a uno más rico. Pero sí afirmo que es muy difícil imaginar algún otro modo. Por lo tanto, al menos no es improbable que la transposición ocurra cuando el superior se reproduzca a sí mismo en el inferior. Así pues, por apartarnos del tema un momento, me parece muy posible que la relación real entre la mente y el cuerpo sea de transposición. Estamos seguros de que en esta vida, en cualquier caso, el pensamiento está íntimamente conectado con el cerebro. La teoría de que el pensamiento, en consecuencia, no es más que un movimiento en el cerebro es, en mi opinión, una bobada. Si fuera así, esa misma teoría sería simplemente un movimiento, un suceso entre átomos con una determinada velocidad y dirección, pero que sería absurdo explicar usando las palabras «verdadero» o «falso». Se nos lleva, pues, a algún tipo de correspondencia. Pero, si suponemos una correspondencia biunívoca, eso implica que tenemos que atribuir una complejidad y una variedad casi increíbles de sucesos al cerebro. Sin embargo, creo que una relación biunívoca es del todo innecesaria. Todos nuestros ejemplos sugieren que el cerebro puede responder —en cierto sentido, corresponder adecuada y exquisitamente— a una variedad aparentemente infinita de consciencia sin proporcionar una única modificación física para cada modificación de la consciencia.

Pero esto es una digresión. Regresemos ahora a nuestra cuestión original acerca del Espíritu y la naturaleza, Dios y el hombre. Nuestro problema era que todos los elementos de nuestra vida natural se repiten en lo que llamamos nuestra vida espiritual y, lo que es peor, a primera vista parece como si no hubiera presente ningún otro elemento. Ahora vemos que, si lo espiritual es más rico que lo natural (y nadie que crea en su existencia lo negaría), entonces es exactamente eso lo que deberíamos esperar. Y la conclusión del escéptico de que lo que llamamos espiritual realmente deriva de lo natural, que es un espejismo, una proyección o una extensión imaginaria de lo natural, también es exactamente lo que cabría esperar, porque, como hemos visto, este es el error que un observador que solo conociera el medio inferior se sentiría obligado a cometer en todos los casos de transposición. El hombre embrutecido nunca encontrará por medio del análisis otra cosa que no sea lujuria en el amor; el hombre plano nunca encontrará otra cosa que figuras planas en un cuadro; la fisiología nunca encontrará nada en el pensamiento excepto sacudidas de la materia gris. No es justo despreciar al crítico que aborda una transposición desde abajo. Con la evidencia de que dispone, su conclusión es la única posible.

Todo es diferente cuando abordamos la transposición desde arriba, como hacemos en el caso de la emoción y la sensación o en el del mundo tridimensional y los cuadros, y tal como hace el hombre espiritual en el caso que estamos considerando. Aquellos que hablan en lenguas, como san Pablo hizo, pueden comprender bien cómo este fenómeno santo difiere del fenómeno histérico;

aunque se debe recordar que son, en cierto sentido, exactamente el mismo fenómeno, del mismo modo que fue una sensación igual la que le llegó a Pepys en el enamoramiento, en el placer de la música y en la enfermedad. Las cosas espirituales se disciernen espiritualmente. El hombre espiritual juzga todas las cosas y no es juzgado por ninguna.

¿Pero quién se atreve a afirmar que es un hombre espiritual? En sentido pleno, ninguno de nosotros. A pesar de eso, somos conscientes de estar abordando desde arriba, o desde dentro, al menos algunas de las transposiciones que encarnan la vida cristiana en este mundo. Pese a la sensación de falta de mérito, aun cuando nos parece un atrevimiento, debemos afirmar que conocemos un poco del sistema superior que es transpuesto. En cierto modo, esta afirmación no es muy asombrosa. Solo estamos declarando conocer que nuestra aparente devoción, sea lo que sea que haya sido, no fue simplemente erótica, o que nuestro deseo del cielo, sea lo que sea que haya sido, no fue simplemente un deseo de longevidad, de alhajas o de esplendor social. Tal vez no hemos alcanzado en absoluto lo que san Pablo describiría como vida espiritual. Pero al menos sabemos, de algún modo tenue y confuso, que estábamos tratando de usar actos, imágenes y lenguaje naturales con un nuevo valor, que hemos deseado un arrepentimiento que iba más allá del sentimiento prudencial y un amor que no estaba centrado en nosotros mismos. En el peor de los casos, sabemos lo suficiente de lo espiritual como para reconocer que nos hemos quedado cortos, como si el cuadro supiera lo suficiente del mundo tridimensional como para ser consciente de que es plano.

No es solamente en honor a la humildad (que, por supuesto, no se excluye) por lo que debemos enfatizar la escasa luz de nuestro conocimiento. Sospecho que, salvo por un milagro directo de Dios, la experiencia espiritual no soporta la introspección. Si ni siquiera lo hacen nuestras emociones (puesto que el intento por averiguar lo que estamos *sintiendo* ahora mismo no produce nada más que una sensación física), mucho menos la soportan las operaciones del Espíritu Santo. El intento de descubrir por análisis introspectivo nuestra propia condición espiritual me parece algo horroroso que revela, en el mejor de los casos, no los secretos del Espíritu de Dios y los nuestros, sino sus transposiciones en el intelecto, la emoción y la imaginación, y que, en el peor de los casos, puede ser la vía más rápida a la presunción o al desespero.

Creo que esta doctrina de la transposición nos proporciona a la mayoría de nosotros un trasfondo muy necesitado para la virtud teologal de la esperanza. Solo podemos esperar por lo que podemos desear. Y el problema es que cualquier noción adulta y filosóficamente respetable que podamos formarnos del cielo está forzada a negar ese estado a la mayoría de cosas que nuestra naturaleza desea. Sin duda, existe una fe con la bendición de la ingenuidad, la fe de un niño o de un salvaje que no encuentra problemas. Acepta sin preguntas incómodas las arpas y las calles doradas, y las reuniones familiares descritas por los escritores de himnos. Una fe como esa es engañosa y, aun así, en su sentido más profundo no engaña, porque, aunque se equivoca al confundir el símbolo por el hecho, comprende el cielo como gozo, plenitud y amor. Pero es imposible para la mayoría de nosotros. Y no debemos intentar, de manera artificial, volvernos más ingenuos de lo que somos. Un hombre no «se hace como niño» imitando la infancia. De ahí que nuestra noción del cielo implique negaciones perpetuas: sin comida, sin bebida, sin sexo, sin movimiento, sin alegría, sin sucesos, sin tiempo, sin arte.

Contra todas estas cosas, para asegurarnos, establecemos un elemento positivo: la visión y el disfrute de Dios. Y puesto que este es un bien infinito, mantenemos (acertadamente) que los sobrepasa a todos. Es decir, la realidad de la visión beatífica sobrepasaría o sobrepasará, y de hecho lo haría infinitamente, la realidad de las negaciones. ¿Pero puede nuestra idea presente de aquella sobrepasar nuestra idea presente de estas? Aquí tenemos una cuestión bastante diferente. Y para la mayoría de nosotros en la mayoría de ocasiones la respuesta es *no*. Cómo sería para los grandes santos y místicos no puedo decirlo. Pero, para los demás, el concepto de la visión es una extrapolación difícil, precaria y fugitiva tomada de unos momentos escasos y poco claros de nuestra experiencia terrenal, mientras que nuestra idea de los bienes naturales negados es vívida y persistente, cargada con los recuerdos de toda una vida, cimentada en nuestros nervios y músculos y, por lo tanto, en nuestra imaginación.

Así pues, los aspectos negativos tienen, por así decirlo, una injusta ventaja al competir con lo positivo. Lo que es peor, su presencia vicia —y más cuanto más resueltamente tratemos de suprimirlos o ignorarlos— incluso una noción tan borrosa y etérea de lo positivo como la que puede que hayamos tenido. La exclusión de los bienes inferiores comienza a parecer la característica esencial del bien superior. Sentimos, aun si no lo decimos, que la visión de Dios no vendrá a completar sino a destruir nuestra naturaleza; esta fantasía desalentadora a menudo subyace bajo el uso que le damos a palabras tales como «santo», «puro» o «espiritual».

Si tenemos posibilidad de prevenirlo, no debemos permitir que esto ocurra. Debemos creer —y por lo tanto imaginar, en algún grado— que toda negación será solamente el reverso de una satisfacción. Y con eso debemos referirnos a la satisfacción, precisamente, de nuestra humanidad, no nuestra transformación en ángeles ni nuestra absorción dentro de la Deidad. Porque, aunque puede que seamos «como los ángeles» y «hechos semejantes» a nuestro Maestro, creo que esto significa «hechos con el parecido adecuado a los hombres», como instrumentos diferentes que hacen sonar el mismo aire, pero cada uno a su propia manera. Hasta qué punto la vida de los resucitados será sensorial, no lo sabemos. Pero conjeturo que se diferenciará de la vida sensorial que conocemos ahora, no del modo en que el vacío se diferencia del agua o el agua del vino, sino del modo en que la flor se diferencia de un bulbo o una catedral se diferencia del dibujo de un arquitecto. Y es aquí donde la transposición me ayuda.

Creemos una fábula. Imaginemos a una mujer dentro de una mazmorra. Allí ella da a luz y cría a un hijo. Él crece sin ver nada más que los muros de la mazmorra, la paja del suelo y un pequeño trozo de cielo a través de la reja, que está demasiado alta para mostrar otra cosa que no sea el cielo. Esta desafortunada mujer era una artista, y cuando fue encarcelada se las arregló para llevarse consigo un cuaderno de dibujo y una caja de lapiceros. Como nunca perdió la esperanza de la liberación, le enseña constantemente a su hijo cosas del mundo exterior que él nunca ha visto. Lo hace en gran parte por medio de dibujos. Con sus lápices, ella intenta mostrarle cómo son los campos, los ríos, las montañas, las ciudades y las olas de una playa. Él es un chico diligente e intenta esforzarse para creerla cuando ella le cuenta que el mundo exterior es mucho más interesante y glorioso que lo que hay dentro de la mazmorra. A veces lo consigue. Por lo general, él se comporta tolerablemente bien, hasta que un día dice algo que hace que su madre se pare a pensar. Durante un minuto o dos se encuentran en un diálogo de sordos. Finalmente, ella se da cuenta de que durante todos esos años él ha vivido bajo una idea equivocada. «Pero —pregunta ella con voz entrecortada—, ¿no pensarás que el mundo real está lleno de líneas dibujadas a lápiz?».

«¿Qué? —dice el chico— ¿No hay marcas de lápiz ahí fuera?». Y en ese instante toda su idea del mundo exterior se queda en blanco. Porque las líneas, aquello sobre lo cual él lo estaba imaginando, ahora han sido negadas. No tiene idea de lo que excluirá y dejará de lado con las líneas, de que las líneas son una mera transposición: las copas ondeantes de los árboles, la luz danzante sobre la represa, las realidades tridimensionales coloreadas que no están encerradas en líneas, sino que definen sus propias formas en cada momento con una delicadeza y multiplicidad que ningún dibujo podrá jamás conseguir. El chico captará la idea de que el mundo real de algún modo es menos visible que los dibujos de su madre. En realidad faltan líneas, porque es incomparablemente más visible.

Lo mismo con nosotros. «No sabemos lo que hemos de ser»; pero hemos de tener la seguridad de que seremos más, no menos, de lo que somos en la tierra. Nuestras experiencias naturales (sensoriales, emocionales, imaginativas) solo son como los dibujos, como líneas perfiladas sobre un papel plano. Si desaparecen en la vida resucitada, desaparecerán del mismo modo que las líneas del lápiz desaparecen del paisaje real; no como la luz de una vela que se saca al exterior, sino como la luz de una vela que se vuelve invisible porque alguien ha levantado la persiana, ha abierto los postigos y ha dejado entrar el resplandor del sol de la mañana.

Pueden decirlo del modo que les plazca. Pueden decir que nuestra humanidad, los sentidos y todo lo demás, puede convertirse por transposición en el vehículo de la beatitud. O pueden decir que las recompensas celestiales se encarnan por transposición en nuestra experiencia temporal durante esta vida. Pero el segundo modo es el mejor. Es la vida presente la que es la disminución, el símbolo, lo lánguido, el sustituto (por así decirlo) «vegetariano». Si la carne y la sangre no pueden heredar el Reino, no es porque sean demasiado sólidas, demasiado brutas, demasiado distintas, demasiado «distinguidas con el ser». Son demasiado endebles, demasiado transitorias, demasiado fantasmales.

Con esto, mi exposición, como dicen los abogados, está completa. Pero tengo cuatro puntos que añadir:

1. Espero que esté suficientemente claro que la idea de transposición, como yo la llamo, es distinta de otro concepto usado a menudo con el mismo propósito; me refiero al concepto del desarrollo. El desarrollista explica la continuidad entre cosas que aseguran ser espirituales y cosas que son ciertamente naturales diciendo que una se convierte lentamente en la otra. Yo creo que este punto de vista explica algunos hechos, pero pienso que se le ha atribuido demasiado. En cualquier caso, no es la teoría que estoy exponiendo. No estoy diciendo que el acto natural de comer de algún modo se convierta después de millones de años en el sacramento cristiano. Estoy diciendo que la realidad espiritual, que existió antes de que hubiera criaturas que comiesen, le da a este acto natural un nuevo significado, y algo más: hace que en un determinado

contexto sea algo diferente. En una palabra, creo que los paisajes reales se introducen en los cuadros, no que de los cuadros un día brotarán árboles y césped reales.

2. Al pensar en lo que yo llamo transposición, me resulta imposible no preguntarme si puede que nos ayude a concebir la encarnación. Por supuesto, si la transposición fuera meramente un modo de simbolismo no nos ayudaría en absoluto en esta cuestión; al contrario, nos haría errar por completo, de regreso a una nueva clase de docetismo (¿o sería el docetismo de siempre?), lejos de la realidad plenamente histórica y concreta que es el centro toda nuestra esperanza, nuestra fe y nuestro amor. Así pues, como he señalado, la transposición no es siempre símbolo. En diferentes grados, la realidad inferior realmente puede introducirse en la superior y ser parte de ella. La sensación que acompaña a la alegría se vuelve alegría en sí misma; difícilmente podremos elegir otra cosa que decir «alegría encarnada». Si esto es así, me atrevo a sugerir, aunque con gran duda y del modo más provisional, que puede que el concepto de transposición haya contribuido en algo a la formación de la teología —o al menos de la filosofía— de la encarnación. Porque se nos dice en uno de los credos que la encarnación fue «no por conversión de la divinidad en carne, sino porque la humanidad fue asumida por Dios». Y me parece que hay una analogía real entre esto y lo que yo he llamado transposición. Que la humanidad, siendo aún ella misma, no sea meramente contada como divinidad, sino que verdaderamente sea

traída adentro de ella, me recuerda a lo que ocurre cuando una sensación (que no es en sí misma un placer) es introducida dentro de la alegría que la acompaña. Pero camino *in mirabilibus supra me* y lo someto todo al veredicto de los verdaderos teólogos.

3. He intentado subrayar la inevitabilidad del error cometido en casi todas las transposiciones, cuando se las aborda solo desde el medio inferior. La fuerza de una crítica así descansa en las palabras «meramente» o «nada más que». El crítico ve todos los hechos, pero no el significado. Con una parte de verdad, por lo tanto, reclama haber visto todos los hechos. *No hay* nada más allí, excepto el significado. Por lo tanto, él, en lo que respecta a la materia que tratamos, está en la posición de un animal. Habrán notado que muchos perros no pueden comprender que se les *señale* algo. Señalas a un trozo de comida en el suelo; el perro, en vez de mirar al suelo, olisquea tu dedo. Un dedo es un dedo para él, y eso es todo. Su mundo es todo hechos, no significado. Y en un periodo en que el realismo fáctico es dominante encontraremos a personas que inducen deliberadamente en sí mismos esta mentalidad canina. Un hombre que haya experimentado el amor desde dentro empezará deliberadamente a inspeccionarlo de forma analítica desde fuera y considerará los resultados de este análisis más verdaderos que su experiencia. El límite extremo de esta ceguera autoinfligida se ve en aquellos que, al igual que el resto de nosotros, tienen conciencia y aun así se disponen a estudiar el organismo humano

como si no supieran que era consciente. En tanto que continúe esta negativa deliberada a comprender las cosas desde arriba, incluso donde tal comprensión es posible, es ridículo hablar de victoria final sobre el materialismo. La crítica de toda experiencia desde abajo, la ignorancia voluntaria del significado y la concentración en los hechos siempre tendrán la misma verosimilitud. Siempre habrá evidencias, y cada mes presentarán evidencias nuevas, para demostrar que la religión solo es psicológica, que la justicia solo es autoprotección, que la política solo es economía, que el amor solo es lujuria y que el pensamiento en sí mismo solo es bioquímica cerebral.

4. Finalmente, mantengo que lo que se ha dicho de la transposición arroja una nueva luz sobre la doctrina de la resurrección del cuerpo. Porque, en cierto sentido, la transposición puede hacer lo que sea. Por grande que sea la diferencia entre el espíritu y la naturaleza, entre el goce estético y el revoloteo en el diafragma, entre la realidad y la representación, la transposición puede ser adecuada a su manera. Dije antes que, en el dibujo, con el blanco del papel se da color al sol y las nubes, la nieve, el agua y la carne humana. En cierto sentido, ¡qué miserablemente inadecuado! Pero, en otro sentido, ¡qué perfección! Si las sombras están bien realizadas, cada trozo de papel blanco será, de una manera muy especial, como un rayo de sol deslumbrante; casi podremos sentir el frío mientras miramos la nieve del papel y casi podremos calentarnos las manos al fuego del papel. ¿Acaso no es posible, por medio

de una analogía razonable, suponer del mismo modo que no hay experiencia del espíritu tan trascendental y sobrenatural, ninguna visión de la Deidad misma tan cercana y tan lejana de todas las imágenes y emociones, que para ellas tampoco haya una correspondencia apropiada en el nivel sensorial? ¿Y no es posible que esto sea no por una nueva sensación, sino por la increíble inundación de esas mismas sensaciones que ahora tenemos con un significado, o transvaloración, del cual aquí no tenemos ni la más débil sospecha?

EL PESO DE LA GLORIA

Si HOY PREGUNTASEN a veinte buenos hombres cuál piensan ellos que es la mayor de las virtudes, diecinueve responderían que la abnegación. Pero si les hubieran preguntado a prácticamente cualquiera de los grandes cristianos de antaño, habrían respondido que el amor. ¿Ven lo que ha ocurrido? Se ha sustituido un término negativo por uno positivo, y esto tiene más importancia que la filológica. La idea negativa de la abnegación no entraña principalmente la sugerencia de asegurar buenas cosas para los demás, sino de prescindir de ellas nosotros mismos, como si nuestra abstinencia y no su felicidad fuera lo importante. No creo que esto sea la virtud cristiana del amor. El Nuevo Testamento tiene mucho que decir acerca del sacrificio, pero no acerca del sacrificio como un fin en sí mismo. Se nos dice que nos neguemos a nosotros mismos y tomemos nuestra cruz para que podamos seguir a Cristo; y casi cada descripción de lo que finalmente encontraremos si lo hacemos contiene un llamamiento al deseo. Si persiste en gran parte de las mentes modernas la idea de que desear nuestro propio bien y esperar fervientemente el placer es algo malo, yo planteo que esa idea se ha introducido sigilosamente desde Kant y los estoicos y no es parte de la fe cristiana. De hecho, si consideramos las claras promesas de recompensa y la asombrosa naturaleza de las recompensas prometidas en los Evangelios, parecería que nuestro Señor encuentra nuestros deseos no demasiado fuertes, sino demasiado débiles. Somos criaturas asustadizas que pierden el tiempo con la bebida, el sexo y la ambición cuando se nos está ofreciendo una alegría infinita, como un niño ignorante que quiere seguir jugando con el barro en los suburbios porque no se puede imaginar lo que significa el ofrecimiento de unas vacaciones junto al mar. Nos quedamos contentos con demasiada facilidad.

No deberíamos inquietarnos por los no creyentes cuando dicen que esta promesa de recompensa hace de la vida cristiana una cuestión mercenaria. Existen diferentes clases de recompensas. Está la recompensa que no tiene conexión natural con lo que tú hagas para ganarla y es bastante externa a los deseos que deberían acompañar tales cosas. El dinero no es la recompensa natural del amor; por esa razón llamamos a un hombre mercenario si se casa con una mujer por su dinero. Pero el matrimonio es la recompensa adecuada para un amante real, y no es un mercenario por desearlo. Un general que pelea bien con la intención de obtener un título es un mercenario; un general que lucha por la victoria no lo es, pues la victoria es la recompensa adecuada de la batalla, igual que el matrimonio es la recompensa adecuada del amor. Las recompensas adecuadas no se añaden simplemente a la actividad por la que se entregan, sino que son la consumación de la actividad en sí misma. También hay un tercer caso, que es más complicado. El disfrute de la poesía griega sin duda es una recompensa adecuada, y no mercenaria, de aprender griego; pero solo aquellos que han llegado a la fase de disfrutar de la poesía griega pueden decir por experiencia propia que esto es así. El alumno que comienza con la gramática griega no puede esperar con impaciencia a su disfrute adulto de Sófocles del mismo modo que un amante ansía el matrimonio o un general la victoria. Tiene que comenzar trabajando por las calificaciones, o para escapar del castigo, o para complacer a sus padres o, en el mejor de los casos, con la esperanza de un buen futuro que en el presente no puede imaginar o desear. Su posición, por lo tanto, conlleva cierto parecido con la del mercenario; la recompensa que obtendrá será, de hecho, una recompensa natural o adecuada, pero él no lo sabrá hasta que la reciba. Por supuesto, la obtiene gradualmente; el placer se va imponiendo poco a poco a la mera monotonía, y nadie podría señalar el día o la hora en que una cesó y el otro comenzó. Pero solo en la medida en que se acerca a la recompensa se vuelve capaz de desearla por su propio bien; de hecho, la capacidad de desearla es en sí misma una recompensa preliminar.

En relación con el cielo, el cristiano está en gran medida en la misma posición que este alumno. Aquellos que han alcanzado la vida eterna y el ver a Dios sin duda saben muy bien que no es un simple soborno, sino la propia consumación de su discipulado terrenal; pero aquellos de nosotros que aún no la hemos alcanzado no podemos saberlo del mismo modo, y ni siquiera podemos comenzar a conocerla, excepto al continuar obedeciendo y encontrando la primera recompensa de nuestra obediencia en nuestra capacidad cada vez mayor de desear la recompensa definitiva. Solo en la proporción en que crezca el deseo, nuestro temor de que sea un deseo mercenario se irá apagando y finalmente se reconocerá como algo absurdo. Pero es posible que, para la mayoría de nosotros, esto no ocurra en un solo día; la poesía reemplaza a la gramática, el evangelio reemplaza a la ley, el anhelo transforma la obediencia, con la misma gradualidad con que la marea eleva un barco anclado.

Pero hay otra similitud importante entre el alumno y nosotros. Si es un chico imaginativo, disfrutará, con bastante probabilidad, de los poetas y romanceros ingleses adecuados para su edad algún tiempo antes de que comience a sospechar que la gramática griega va a conducirle a más y más placeres de esta misma clase. Puede que incluso descuide su griego para leer a Shelley y Swinburne en secreto. En otras palabras, el deseo de que el griego realmente le va a gratificar ya existe en él y se adhiere a objetivos que a él le parecen bastante desconectados de Jenofonte y los verbos en mi. Ahora bien, si hemos sido hechos para el cielo, el deseo por nuestro lugar correcto ya estará en nosotros, pero aún no conectado con el objetivo real, e incluso aparecerá como el rival de ese objetivo. Y esto, creo yo, es justo lo que nos encontramos. Sin duda hay un punto en el que mi analogía del alumno se viene abajo. La poesía inglesa que él lee cuando debería estar haciendo ejercicios de griego quizá sea igual de buena que la poesía griega hacia la que le conducen los ejercicios, así que al fijarse en Milton en vez de dirigirse hacia Esquilo su deseo no está abrazando un objetivo falso. Pero nuestro caso es muy diferente. Si nuestro destino real es un bien transtemporal y transfinito, cualquier otro bien en el cual se fije nuestro deseo debe ser en algún grado falaz, debe tener a lo sumo solo una relación simbólica con aquello que sí satisfará de verdad.

Al hablar de este deseo por nuestra lejana patria, el cual encontramos en nosotros incluso ahora, siento cierto pudor. Casi estoy cometiendo una indecencia. Estoy tratando de desvelar un secreto inconsolable en cada uno de ustedes: un secreto que duele tanto que uno toma su venganza de él llamándolo por nombres como nostalgia, romanticismo y adolescencia; un secreto que también nos atraviesa con tanta dulzura que, cuando en una conversación muy íntima su mención se vuelve inminente, nos incomodamos y nos provoca la risa; un secreto que no podemos esconder y que no podemos contar, aunque deseáramos hacer ambas cosas. No podemos contarlo porque es un deseo de algo que realmente nunca se ha presentado en nuestra experiencia. No podemos esconderlo porque nuestra experiencia lo sugiere constantemente, y nos delatamos igual que unos amantes a la mención de un nombre. Nuestro recurso más común es llamarlo belleza y comportarnos como si eso hubiera resuelto la cuestión. El recurso de *Wordsworth* era identificarlo con ciertos momentos de su propio pasado. Pero todo esto es una trampa. Si Wordsworth hubiera regresado a aquellos momentos de su pasado, no se hubiera encontrado con ello, sino solo con su recuerdo; lo que él recordaba hubiera resultado ser un recuerdo en sí mismo. Los libros o la música en donde nosotros pensamos que se localizaba la belleza nos traicionarían si confiáramos en ellos; no estaba *en* ellos, solo nos llegaba *a través de* ellos, y lo que nos llegó por medio de ellos era la nostalgia.

Estas cosas —la belleza, la memoria de nuestro pasado— son buenas imágenes de lo que realmente deseamos; pero si se confunden con ello, resultan ser ídolos mudos que rompen el corazón de sus adoradores. Porque no son esa cosa en sí; solo son el aroma de una flor que no hemos encontrado, el eco de una melodía que no hemos escuchado, noticias de un país que aún no hemos visitado. ¿Creen que estoy tratando de tejer un hechizo? Tal vez lo esté; pero recuerden los cuentos de hadas. Los hechizos se usan para romper encantamientos del mismo modo que para producirlos. Y ustedes y yo hemos necesitado el hechizo más poderoso que se puede encontrar para despertarnos del malvado encantamiento de la mundanalidad que se ha extendido sobre nosotros durante casi cien años. Casi toda nuestra educación ha estado dirigida a silenciar esta tímida y persistente voz interior; casi todas nuestras filosofías modernas han sido concebidas para convencernos de que el bien del hombre se puede encontrar en esta tierra. Y aun así es algo extraordinario que tales filosofías del progreso o de la evolución teísta den un testimonio reticente de la verdad de que nuestro objetivo real está en otro lugar. Cuando quieran convencerlos de que la tierra es su hogar, fíjense en cómo lo afirman. Comienzan intentando persuadirles de que la tierra se puede convertir en el cielo, haciendo así una concesión a su sentimiento de exilio en la tierra tal y como es. Después, les dicen que este feliz suceso está en un futuro bastante lejano, haciendo así una concesión a su conocimiento de que la patria no está aquí ni ahora. Finalmente, a menos que su anhelo por lo transtemporal despierte y arruine toda la cuestión, usan cualquier retórica que tengan a mano para apartar de su mente el recuerdo de que, aunque toda la felicidad que prometen pudiera dársele al hombre en la tierra, aun así, cada generación la perdería con la muerte, incluyendo la última generación de todas, y toda la historia se quedaría en nada, ni siquiera en una historia, por siempre jamás. He aquí todo el sinsentido que el señor Shaw coloca en el discurso final de Lilith, y la observación de Bergson de que el *élan vital* es capaz de superar todos los obstáculos, tal vez incluso la muerte: como si pudiéramos creer que cualquier desarrollo social o biológico en este planeta retrasará la senilidad del sol o invertirá la segunda ley de la termodinámica.

Hagan lo que hagan, pues, nosotros seguiremos siendo conscientes de un deseo que ninguna felicidad natural satisfará. ¿Pero hay alguna razón para suponer que la realidad ofrece alguna satisfacción? «Tampoco el tener hambre demuestra que vayamos a tener pan». Pero creo que podemos señalar en seguida que esta afirmación yerra el blanco. El hambre física de un hombre no prueba que ese hombre conseguirá pan; puede que muera de inanición en una balsa en el Atlántico. Pero no hay duda de que el hambre de un hombre sí prueba que viene de una raza que repara su cuerpo comiendo y habita un mundo donde existen sustancias comestibles. Del mismo modo, aunque no creo (desearía hacerlo) que mi deseo por el paraíso pruebe que lo disfrutaré, pienso que es una indicación bastante buena de que existe tal cosa y de que algunos hombres lo disfrutarán. Un hombre puede amar a una mujer y no conseguirla; pero sería muy extraño que el fenómeno conocido como «enamoramiento» ocurriese en un mundo asexual.

Aquí, pues, el deseo es aún errante e incierto acerca de su objetivo y todavía incapaz, en gran medida, de verlo en la dirección donde realmente se ubica. Nuestros libros sagrados nos dan alguna cuenta del objetivo. Es, por supuesto, una cuenta simbólica. El cielo está, por definición, fuera de nuestra experiencia, pero todas las descripciones inteligibles deben girar en torno a aspectos que estén dentro de nuestra experiencia. La imagen bíblica del cielo es, por tanto, tan simbólica como la imagen que nuestro deseo, sin ayuda, inventa por sí mismo; en realidad, el cielo no está lleno de joyas, igual que tampoco consiste en la belleza de la naturaleza o una bella pieza de música. La diferencia es que la simbología bíblica tiene autoridad. Llega a nosotros desde escritores que estuvieron más cerca de Dios que nosotros, y ha resistido la prueba de la experiencia cristiana a lo largo de los siglos. El encanto natural de esta simbología autoritativa me resulta, de primeras, muy pequeño. A primera vista enfría, en vez de despertar, mi deseo. Y eso es justo lo que debo esperar. Si el cristianismo no pudiera decirme más de la lejana tierra de lo que mi propio temperamento me llevó ya a suponer, no sería más grande que yo mismo. Si tiene más que darme, espero que sea inmediatamente menos atractivo que «mis propias cosas». En un primer momento, Sófocles parece aburrido y frío al chico que solo ha llegado hasta Shelley. Si nuestra religión es algo objetivo, nunca deberemos desviar nuestros ojos de aquellos elementos que haya en ella que parezcan desconcertantes o repelentes; porque es precisamente lo desconcertante o lo repelente lo que encubre aquello que aún no sabemos y necesitamos saber.

A grandes rasgos, las promesas de las Escrituras pueden reducirse, simplificando mucho, a cinco enunciados. Se promete (1) que estaremos con Cristo; (2) que seremos como él; (3) con una enorme riqueza de imágenes, que tendremos «gloria»; (4) que, en algún sentido, se nos dará de comer, se nos hará un banquete o se nos recibirá como invitados; y (5) que tendremos alguna clase de posición oficial en el universo: gobernando ciudades, juzgando ángeles, siendo pilares del templo de Dios. La primera pregunta que hago acerca de estas promesas es: «Teniendo la primera, ¿por qué han de existir las demás? ¿Acaso se puede añadir algo al concepto de estar con Cristo?». Debe ser cierto, como dice un viejo escritor, que aquel que tiene a Dios y todo lo demás no tiene nada más que aquel que tiene solo a Dios. Creo que la respuesta gira de nuevo en torno a la naturaleza de los símbolos. Aunque quizá pase inadvertido a primera vista, es cierto que cualquier concepto de estar con Cristo que la mayoría de nosotros podamos formarnos ahora no será mucho menos simbólico que otras promesas; porque nos traerá ideas de proximidad en el espacio y una conversación cariñosa tal y como ahora entendemos una conversación, y probablemente se centrará en la humanidad de Cristo con la exclusión de su deidad. Y, en efecto, encontramos que aquellos cristianos que solo se ocupan de esta primera promesa siempre la rellenan con simbología muy terrenal: de hecho, con imágenes nupciales o eróticas. No estoy, ni por un momento, condenando dicha imaginería. Desearía de todo corazón poder adentrarme en ella con más profundidad que como lo hago, y ruego por hacerlo aún. Pero lo que quiero decir es que incluso esto es solamente un símbolo; es como la realidad en algunos sentidos, pero es diferente a ella en otros. Por tanto, necesita corrección por parte de los diferentes símbolos de otras promesas. La diferencia de las promesas no significa que nuestra dicha definitiva vaya a ser otra cosa que Dios; pero, puesto que Dios es más que una Persona, y para que no imaginemos el gozo de su presencia exclusivamente en términos de nuestra pobre experiencia presente de amor personal, con toda su estrechez, sus presiones y monotonía, se nos da un puñado de imágenes cambiantes, que se corrigen y se relevan unas a otras.

Me referiré ahora a la idea de la gloria. No se puede negar que esta idea es muy prominente en el Nuevo Testamento y en los primeros escritos cristianos. La salvación está asociada constantemente a palmas, coronas, vestiduras blancas, tronos y esplendor como el sol y las estrellas. De primeras, nada de eso me atrae en absoluto, y a este respecto imagino que soy un típico hombre de hoy. La gloria me sugiere dos ideas, de las cuales una me parece escandalosa y la otra, ridícula. Para mí, la gloria significa fama o significa luminosidad. En cuanto a la primera, puesto que ser famoso significa ser más conocido que otra gente, el deseo de fama se me presenta como una pasión competitiva y por lo tanto más propia del infierno que del cielo. En cuanto a la segunda, ¿quién desea convertirse en una especie de bombilla viviente?

Cuando comencé a investigar esta cuestión quedé impresionado al descubrir a cristianos tan diferentes como Milton, Johnson y Tomás de Aquino tomando la gloria celestial con toda franqueza en el sentido de fama o buena reputación. Pero no fama concedida por nuestras criaturas hermanas, sino fama con Dios, aprobación o (debería decir) «valoración» de parte de Dios. Y entonces, después de haber pensado, vi que esta visión era bíblica; nada puede eliminar de la parábola el *elogio* divino: «Bien, buen siervo y fiel». Con esto, buena parte de lo que había estado pensando toda mi vida se desmoronó como un castillo de naipes. De repente recordé que nadie puede entrar en el cielo si no es como un niño; y nada es tan obvio en un niño —no en uno engreído, sino en uno bueno— como su enorme e indisimulado placer en ser elogiado. Y ni siquiera es exclusivo de un niño, lo vemos incluso en un perro o un caballo. Aparentemente, lo que yo había malinterpretado como humildad me había apartado todos aquellos años de entender cuál es de hecho el más humilde, el más infantil, el más humano de los placeres: el placer específico del inferior, el placer de una bestia ante el hombre, de un niño ante su padre, de un alumno ante su profesor, de una criatura ante su Creador. No me olvido de lo horriblemente parodiado que es este deseo inocentísimo en nuestras ambiciones humanas, o lo rápido que, en mi experiencia, el legítimo placer de la alabanza de aquellos a quienes es mi deber complacer se convierte en el veneno mortal de la autoadmiración. Pero pensé que podría percibir un momento —un momento muy muy corto— antes de que esto ocurriese, durante el cual la satisfacción de haber complacido a aquellos a quienes con razón amé y con razón temí fuera pura. Y esto es suficiente para elevar nuestros pensamientos a lo que quizá ocurra cuando el alma redimida, más allá de toda esperanza y casi más allá de la fe, descubra al final que ha complacido a Aquel por quien fue creada para complacerle. No habrá espacio entonces para la vanidad. Será libre de la miserable ilusión de que es mérito propio. Sin un atisbo de lo que ahora llamaríamos autocomplacencia, se alegrará con toda inocencia en aquello que Dios ha hecho que sea, y en el momento en que sane su viejo complejo de inferioridad para siempre hundirá también su orgullo más profundamente que el libro de Próspero. La humildad perfecta deja de lado la modestia. Si Dios está satisfecho con la obra, la obra estará satisfecha consigo misma; «no le corresponde a ella intercambiar cumplidos con su Soberano». Puedo imaginar a alguien diciendo que le disgusta mi idea del cielo como un lugar donde se nos da una palmadita en la espalda. Pero detrás de esa aversión hay un orgullo malentendido. Al final, ese Rostro que es el deleite o el terror del universo deberá volverse sobre cada uno de nosotros con una expresión o con otra, o concediéndonos una gloria inefable o infligiéndonos una vergüenza que nunca podremos aliviar ni disimular. Leí en una revista el otro día que lo fundamental es lo que pensamos acerca de Dios. ¡Válgame el Cielo! ¡No! No es que sea más importante lo que piensa Dios de nosotros, es que es *infinitamente* más importante. De hecho, nuestros pensamientos sobre él no tienen ninguna importancia, salvo en la medida en que eso tiene que ver con lo que él piensa en cuanto a nosotros. Se ha escrito que debemos «presentarnos ante» él, comparecer, ser inspeccionados.

La promesa de la gloria es la promesa, casi increíble y solo posible por la obra de Cristo, de que algunos de nosotros, cualquiera de nosotros a los que realmente elige, en verdad sobreviviremos a ese examen, seremos aprobados, complaceremos a Dios. Complacer a Dios… ser un ingrediente real de la felicidad divina… ser amado por Dios, no solamente objeto de su misericordia, sino objeto de su disfrute, como el de un artista que disfruta de su obra o el de un padre con respecto a su hijo: parece imposible, un peso o una carga de gloria que nuestro pensamiento a duras penas puede sostener. Pero así es.

Y ahora fíjense en lo que está pasando. Si hubiera rechazado la imagen autoritativa y bíblica de la gloria y me hubiera quedado estancado obstinadamente en el vago deseo que era, en un principio, mi único indicador que señalaba al cielo, no hubiera visto ninguna conexión en absoluto entre ese deseo y la promesa cristiana. Pero ahora, después de haber investigado lo que parecía desconcertante y repelente en los libros sagrados, descubro, para mi grata sorpresa, echando la vista atrás, que la conexión es perfectamente clara. La gloria, tal como me enseña a esperarla el cristianismo, resulta adecuada para satisfacer mi deseo original y, de hecho, para revelar un elemento de ese deseo del que no me había percatado. Al dejar de considerar por un momento mis propios anhelos, he comenzado a descubrir mejor qué anhelaba realmente. Cuando intenté hace unos minutos describir nuestras añoranzas espirituales, estaba omitiendo una de sus características más curiosas.

Normalmente la observamos en el mismo momento en que la visión se desvanece, cuando la música termina o el paisaje pierde la luz celestial. Lo que sentimos entonces ha sido bien descrito por Keats como «el viaje hacia la patria, al interior familiar del yo». Ya saben a lo que me refiero. Durante unos minutos hemos tenido la ilusión de pertenecer a ese mundo. Ahora nos despertamos para encontrarnos con que no existe tal cosa. Hemos sido meros espectadores. La belleza ha sonreído, pero no para recibirnos; su cara se ha girado en nuestra dirección, pero no para mirarnos. No hemos sido aceptados, bienvenidos, ni sacados a bailar. Podemos irnos si nos parece, podemos quedarnos si queremos: «Nadie nos señala». Quizá un científico pueda responder que, como la mayoría de cosas que llamamos bellas son inanimadas, no es de extrañar que no se percaten de nosotros. Eso, por supuesto, es verdad. No es de los objetos físicos de lo que estoy hablando, sino de ese algo indescriptible de lo cual se convierten en mensajeros por un momento. Y parte de la amargura que se mezcla con la dulzura de ese mensaje se debe al hecho de que esto rara vez parece ser un mensaje que nosotros entendamos, sino más bien algo que hemos escuchado por casualidad. Por amargura me refiero a dolor, no a resentimiento. Difícilmente nos atreveríamos a pedir que nos hicieran caso. Pero lo anhelamos. La sensación de que somos tratados como extranjeros en este universo, el deseo de ser reconocidos, de encontrarnos con alguna respuesta, de llenar un abismo que se abre entre nosotros y la realidad, es parte de nuestro secreto inconsolable. Y, con toda seguridad, desde este punto de vista, la promesa de la gloria, en el sentido descrito, se convierte en algo muy relevante para nuestro profundo deseo. Porque la gloria significa buen nombre ante Dios, aceptación de Dios, respuesta, reconocimiento y bienvenida al corazón de las cosas. La puerta a la que hemos estado llamando toda nuestra vida al fin se abrirá.

Tal vez parece bastante tosco describir la gloria como el hecho de ser «percibidos» por Dios. Pero ese es prácticamente el lenguaje del Nuevo Testamento. San Pablo no promete a aquellos que aman a Dios, como se esperaría, que le conocerán, sino que serán conocidos por él (1 Co 8.3). Es una extraña promesa. ¿Acaso no conoce Dios todas las cosas en todo momento? Sin embargo, esta misma idea reverbera de manera tremenda en otro pasaje del Nuevo Testamento. En él se nos advierte de la posibilidad para cualquiera de nosotros de presentarnos al final frente al rostro de Dios y escuchar solo las terribles palabras: «Nunca os conocí; apartaos de mí». En cierto sentido, tan incomprensible al intelecto como insoportable a los sentimientos, podemos ser desterrados de la presencia de Aquel que está presente en todas partes y borrados del conocimiento de Aquel que lo conoce todo. Podemos ser dejados *afuera* de forma total y absoluta: rechazados, exiliados, apartados, ignorados de manera definitiva y horrible. Por otro lado, se nos puede llamar, acoger, recibir, reconocer. Caminamos cada día en el filo de la navaja entre estas dos posibilidades increíbles. Aparentemente, pues, nuestra eterna nostalgia, nuestro deseo de que se nos reúna en el universo con algo de lo que ahora nos sentimos arrancados, de estar en el lado interior de alguna puerta que siempre hemos observado desde el exterior, no es una simple fantasía neurótica, sino el indicador más verdadero de nuestra situación real. Y que al fin se nos convoque adentro sería tanto una gloria y un honor superiores a nuestros méritos como también la sanación de ese viejo dolor.

Y esto me trae al otro sentido de gloria: gloria como brillo, esplendor, luminosidad. Estamos destinados a brillar como el sol, a que se nos entregue el lucero de la mañana. Creo que comienzo a entender lo que significa. Por un lado, por supuesto, Dios ya nos ha dado el lucero de la mañana: pueden ir a disfrutar del regalo muchas hermosas mañanas si se levantan lo suficientemente temprano. *¿Qué más querríamos?*, se pueden preguntar. Ah, pero queremos mucho más: algo de lo que se aperciben poco los libros de estética, aunque los poetas y las mitologías lo saben todo de ello. No queremos simplemente *ver* la belleza, aunque, bien lo sabe Dios, incluso eso es suficiente recompensa. Queremos algo más que difícilmente podemos explicar con palabras: unirnos con la belleza que vemos, bañarnos en ella, ser parte de ella. Por eso hemos poblado el aire, la tierra y el agua de dioses, diosas, ninfas y elfos; aunque nosotros no podamos, estas proyecciones pueden disfrutar en sí mismas de esa belleza, esa gracia y ese poder del cual es imagen la naturaleza. Por esta razón los poetas nos cuentan falsedades tan encantadoras. Ellos hablan como si realmente el viento del oeste pudiera introducirse en un alma humana; pero no puede. Nos dicen que «la belleza nacida de un sonido susurrante» puede atravesar un rostro humano; pero no lo hará. O no todavía. Porque si tomamos con seriedad la imaginería de las Escrituras, si creemos que Dios un día nos *dará* el lucero de la mañana y hará que nos *revistamos* del esplendor del sol, entonces debemos suponer que tanto los mitos ancestrales como la poesía moderna, tan falsos como historia, pueden estar muy cerca de la verdad como profecías. En el presente estamos a las afueras del mundo, del lado equivocado de la puerta. Discernimos el frescor y la pureza de la mañana, pero esta no nos refresca ni purifica. No podemos mezclarnos con el esplendor que vemos. No obstante, todas las hojas del Nuevo Testamento susurran el rumor de que no será siempre así. Algún día, Dios lo quiera, *entraremos*. Cuando las almas humanas se hayan perfeccionado en voluntaria obediencia igual que la creación inanimada lo hace en su inerte obediencia, entonces se nos revestirá de su gloria o, mejor dicho, de esa gloria mayor de la cual la naturaleza no es más que el primer esbozo. No deben pensar ustedes que les estoy presentando ninguna fantasía pagana de ser absorbido por la naturaleza. La naturaleza es mortal; nosotros la sobreviviremos. Cuando todos los soles y nebulosas fallezcan, cada uno de ustedes seguirá vivo. La naturaleza solo es la imagen, el símbolo; pero es el símbolo que las Escrituras me invitan a usar. Se nos convoca a traspasar la naturaleza, ir más allá de ella hacia el esplendor que refleja intermitentemente.

En aquel lugar, más allá de la naturaleza, comeremos del árbol de la vida. En el presente, si hemos renacido en Cristo, el espíritu que hay en nosotros vive directamente en Dios; pero la mente y, aún más, el cuerpo reciben vida de él de una manera que dista mucho de esa: por medio de nuestros antecesores, de nuestra comida, de los elementos. Los débiles y lejanos resultados de estas energías que el éxtasis creativo de Dios implantó en la materia cuando creó los mundos son lo que ahora llamamos placeres físicos; y, aun filtrados de este modo, son demasiado para que podamos gestionarlos en el presente. ¿Cómo sería saborear en su origen ese torrente del que incluso estos meandros inferiores resultan tan embriagadores? El hombre en su plenitud está llamado a beber gozo de la fuente del gozo. Como dijo san Agustín, el éxtasis del alma salvada «rebosará» el cuerpo glorificado. A la luz de nuestros apetitos presentes, especializados y depravados, no podemos imaginar este *torrens voluptatis*, y aconsejo seriamente a todo el mundo que no lo intente. Pero hay que mencionarlo, para expulsar pensamientos aún más engañosos, pensamientos de que lo que se salva no es más que un mero fantasma, o de que el cuerpo resucitado vive en una entumecida insensibilidad. El cuerpo fue hecho para el Señor, y esas sombrías fantasías están lejos del blanco.

Mientras tanto, la cruz precede a la corona y mañana es la mañana de un lunes. Se ha abierto una grieta en los implacables muros del mundo y se nos invita a seguir a nuestro gran Capitán hacia el interior. Seguirle a él es, por supuesto, lo esencial. Siendo así, se puede preguntar qué uso práctico existe en las especulaciones a las que he estado dando rienda suelta. Puedo pensar al menos en un uso. Puede que sea posible para alguien pensar demasiado en su potencial gloria venidera; difícilmente sería posible que esa persona pensase a menudo o en profundidad en la de su prójimo. La carga, o el peso, o el lastre de la gloria de mi prójimo debería descansar sobre mi espalda, una carga tan pesada que solamente podría soportarla la humildad, y las espaldas de los orgullosos se romperían. Es algo serio vivir en una sociedad de posibles dioses y diosas, recordar que la persona más embrutecida y menos interesante con la que puedas hablar quizá un día sea una criatura a la cual, si la vieras ahora, te sentirías fuertemente tentado a adorar; o, por otro lado, sería un horror y una corrupción tal que ahora solo te la encontrarías, en todo caso, en una pesadilla. Todos los días, en algún grado, nos ayudamos los unos a los otros a encaminarnos hacia uno u otro de estos destinos. Es a la luz de estas sobrecogedoras posibilidades, con el asombro y la circunspección adecuados, como deberíamos conducirnos en todas nuestras relaciones con los demás, en todas las amistades, amores, juegos y actitudes políticas. No existe gente *corriente*. Nunca has hablado con un simple mortal. Las naciones, culturas, artes, civilizaciones… ellas sí son mortales, y su vida es a la nuestra como la vida de un mosquito. Son inmortales aquellos con los que bromeamos, con los que trabajamos, nos casamos, nos desairamos y de quienes nos aprovechamos: horrores inmortales o esplendores eternos. Esto no significa que debamos vivir en constante solemnidad. Debemos divertirnos. Pero nuestro regocijo debe ser de esa clase (y esta es, de hecho, la clase más alegre) que se da en las personas que se han tomado en serio entre sí desde el principio: sin frivolidad, sin superioridad, sin presunción. Y nuestra caridad debe ser un amor real y costoso, con una profunda impresión ante los pecados a pesar de los cuales amamos al pecador: no mera tolerancia, ni una indulgencia que parodia el amor igual que la frivolidad parodia el gozo. Junto al Bendito Sacramento en sí, su prójimo es el objeto más sagrado presentado ante sus sentidos. Si es su prójimo cristiano, es santo casi del mismo modo, porque en él se esconde realmente, *vere latitat*, Cristo: el que glorifica y el glorificado, la Gloria misma.

LA OBRA BIEN HECHA
Y LAS BUENAS OBRAS

LA EXPRESIÓN EN plural «buenas obras» es más familiar a la cristiandad moderna que la fórmula «obra bien hecha». Buenas obras son, por ejemplo, dar limosna o «ayudar» en la parroquia. Todas ellas se distinguen claramente del propio «trabajo». Las buenas obras no tienen por qué ser obras bien hechas, como puede apreciar cualquiera examinando algunos objetos fabricados para ser vendidos en los bazares con fines caritativos. Esto no es muy ejemplar. Cuando nuestro Señor suministró un vaso extra de buen vino en la fiesta de una boda pobre, estaba haciendo buenas obras, pero también una obra bien hecha, pues se trataba de un vino realmente exquisito. Desentenderse de la bondad de nuestro «trabajo», de nuestro quehacer, no es tampoco ejemplar. El apóstol no dice solamente que debamos trabajar, sino también que debemos hacerlo para producir lo que es «bueno».

La idea de obra bien hecha no ha desaparecido completamente de nosotros. Me temo, sin embargo, que no es característica de las personas religiosas. Yo la he podido encontrar entre los ebanistas, zapateros y marineros. Es completamente inútil tratar de impresionar a los marineros con un nuevo vapor porque sea el barco más grande y más costoso navegando por los mares. Los marineros buscan lo que llaman sus «formas». Solo ellas permiten predecir cómo se comportará la nave cuando haya mar gruesa. Los artistas también hablan de obra bien hecha, si bien cada vez con menos frecuencia. Ahora empiezan a preferir adjetivos como «significativo», «importante», «contemporáneo» o «atrevido». Nada de esto es, a mi juicio, un buen síntoma.

La mayoría de los hombres de las sociedades industrializadas son víctimas de una situación que excluye prácticamente desde el principio la idea de obra bien hecha. «Construir cosas inútiles» se ha convertido en una necesidad económica. A menos que los artículos se fabriquen para que duren uno o dos años y para ser reemplazados por otros, será imposible conseguir un movimiento de mercancías suficiente. Hace cien años, el hombre suficientemente rico se construía al casarse un carruaje en el que esperaba viajar el resto de su vida. Ahora se compra un coche que espera vender dentro de dos años. Hoy día la obra *no* debe estar bien hecha. La cremallera tiene para el consumidor una ventaja sobre el botón: mientras dure, le ahorrará gran cantidad de tiempo y le evitará muchas dificultades. Para el productor tiene un mérito aún mayor: no funcionar correctamente durante mucho tiempo. El *desideratum* es la obra mal hecha.

No es conveniente extraer de la situación descrita una conclusión moral apresurada. Ese estado de cosas no es resultado del pecado original actual exclusivamente, y nos ha cautivado de modo imprevisto e involuntario. El comercialismo degradado de nuestro espíritu es su resultado más que su causa. Por lo demás, esta actitud no se puede modificar, a mi juicio, mediante esfuerzos meramente morales.

Antiguamente los objetos se hacían para usarlos, gozar de ellos o ambas cosas. El cazador salvaje hace un arma de piedra o de hueso. La fabrica del mejor modo posible, pues si no está afilada o es frágil no servirá para matar a ningún animal. Su mujer fabrica un recipiente de barro para traer agua. También ella lo hace lo mejor que puede, pues deberá servirse de la vasija. Ninguno de los dos tardará mucho tiempo, si no lo han hecho desde el principio, en decorar los objetos fabricados. Ambos quieren, como Dogberry, que «sean hermosas todas las cosas a su alrededor». Por lo demás, podemos estar seguros de que mientras trabajan cantan, silban o al menos tararean. Tal vez cuenten también historias.

En esta situación, discreta como la serpiente del Edén y tan inocente al principio como lo fuera ella una vez, se introducirá antes o después algún cambio. Las familias dejarán de fabricar todo lo que necesitan. Habrá un especialista, un alfarero que hace vasijas para toda la aldea, un herrero que fabrica armas para todos, un bardo (poeta y músico a la vez) que canta y cuenta historias para todos.

Es significativo que, en las obras de Homero, el herrero de los dioses sea cojo, y el poeta entre los hombres, ciego. Tal vez sea así como comenzó la cosa. Los lisiados, inútiles como cazadores o guerreros, se dedicarán a procurar recreo y demás cosas necesarias a los aptos para aquellos menesteres.

La importancia de este cambio consiste en que ahora hay quienes se dedican a hacer cosas (vasijas, espadas, trovas) no para uso y goce propios, sino para los de los demás. Como es natural, deben ser recompensados de uno u otro modo por ello. Un cambio así es necesario. En caso contrario, la sociedad y las artes no permanecerían en un estado de simplicidad paradisíaca, sino de simpleza débil, desatinada y empobrecedora. Dos hechos contribuirán a favorecer una transformación así. En primer lugar, porque los nuevos especialistas harán sus productos lo mejor que puedan. Si hacen malas vasijas, tendrán a todas las mujeres de la aldea detrás de ellos. Si cantan una trova estúpida, los mandarán callar. Si hacen malas espadas, los guerreros, en el mejor de los casos, regresarán y les golpearán con ellas. En el peor, tal vez ni siquiera regresen. El enemigo los habrá aniquilado, la ciudad arrasada por el fuego y ellos hechos esclavos. En segundo lugar, porque harán lo mejor que puedan cosas indiscutiblemente dignas de ser hechas y gozarán con su trabajo. No debemos idealizar. No todo será deleite. El herrero puede estar agobiado de trabajo. El bardo se puede sentir frustrado ante la insistencia de la aldea en oír una y otra vez su última trova (o una nueva exactamente igual a ella), mientras que él anhela tener audiencia para alguna innovación maravillosa. Sin embargo, de un modo general, los especialistas tienen una vida digna del hombre: utilidad, una cantidad razonable de honores y la alegría de ejercer su destreza.

Me falta espacio, y por supuesto conocimientos, para seguir la huella del proceso entero desde el estado descrito hasta la situación actual. Con todo, considero que ahora podemos desentendernos de la esencia del cambio. Habida cuenta de que el comienzo consiste en una situación primitiva en que cada uno hace cosas para sí mismo, al que sigue un estadio en que unos trabajan para otros (los cuales pagan por ello), habrá todavía dos tipos de tareas. En relación con el primer tipo de actividad, un hombre puede decir efectivamente: «Yo hago cosas dignas de ser hechas incluso si nadie pagara por ellas. Pero como no soy un hombre especial y necesito comida, casa y vestido, deben pagarme por hacerlas». El segundo tipo de actividad es aquel en que la gente hace cosas con el exclusivo propósito de ganar dinero. Se trata de cosas que no debería hacer nadie en el mundo —y que de hecho no haría— si no se pagara por ellas.

Debemos dar gracias a Dios porque haya multitud de quehaceres de la primera categoría. El labriego, el policía, el médico, el artista, el profesor, el sacerdote y muchos otros hacen algo digno de hacerse: algo que un buen número de gente haría —y hace— sin sueldo, que toda familia trataría de hacer desinteresadamente para sí misma si viviera en una situación de aislamiento como la primitiva. Menesteres como estos no son necesariamente agradables. Atender una leprosería es un buen ejemplo de ello.

El extremo opuesto se puede representar con dos ejemplos. No los considero necesariamente equivalentes desde el punto de vista moral, pero son semejantes según nuestra presente clasificación. Uno es el trabajo de la prostituta profesional. La peculiar ignominia de ese trabajo (antes de decir que no debería llamar trabajo a su actividad, piénsenlo dos veces), lo que lo hace mucho más horrible que la fornicación normal, consiste en su carácter de ejemplo extremo de una actividad que no persigue ningún otro fin posible salvo el dinero. No es posible ir más lejos en esa dirección: intercambio sexual no solo al margen del matrimonio o sin amor, sino incluso sin placer. El segundo ejemplo es el siguiente. A menudo veo una valla con un anuncio, cuyo propósito consiste en que cientos de personas miren hacia el lugar. Por su parte, la firma anunciadora debe alquilarlo para anunciar sus mercancías. Consideren cuan alejado está todo esto de la idea expresada en la fórmula «hacer lo que es bueno». Un carpintero ha hecho la valla anunciadora, inútil en sí misma. Los impresores y fabricantes de papel han trabajado para exhibir el anuncio, sin valor hasta que alguien alquila el espacio. La valla carece de utilidad para el que la alquila hasta que pega en ella el cartel. Después de hacerlo, seguirá siendo inútil a menos que persuada a los demás de comprar sus bienes. Las mercancías pueden ser feas, inútiles y perniciosas, es decir, artículos que ningún mortal compraría si los ensalmos incitantes o exóticos del anuncio no hubieran despertado el deseo artificial de conseguirlos. En todas las etapas de este proceso se están haciendo cosas cuyo único valor reside en el dinero que producen.

Ese debería ser el resultado de una sociedad que depende predominantemente de la compraventa. En un mundo racional las cosas se deberían hacer porque fueran necesarias. En el mundo actual es preciso crear la necesidad para que la gente pueda cobrar dinero por hacer las cosas. Esa es la razón por la que no deberíamos tildar muy rápidamente de pedantería la desconfianza o el desdén por el comercio característica de las sociedades primitivas. Cuanto más importante es el comercio, tanto más gente es condenada y, lo que es peor, aprende a preferir lo que he llamado segundo tipo de quehacer. Las cosas dignas de ser hechas al margen del salario, el trabajo deleitable y la obra bien hecha, son privilegio de una minoría afortunada. La búsqueda competitiva del cliente domina la situación internacional.

Durante toda mi vida se ha recaudado dinero en Inglaterra (de forma correcta) para comprar camisas y entregárselas a personas desempleadas. El trabajo del que habían sido despedidos era la fabricación de camisas.

No es difícil prever que un estado de cosas así no puede ser permanente. Sin embargo, es muy probable, desgraciadamente, que desaparezca por sus propias contradicciones internas causando un sufrimiento inmenso. Solo puede terminar sin dolor si encontramos el modo de agotarlo voluntariamente. No hace falta decir que yo no tengo un plan para conseguirlo. En cualquier caso, si lo tuviera, ninguno de nuestros grandes hombres —los grandes hombres de la política y la industria— haría caso de él. El único signo esperanzador en este momento es la «carrera espacial» entre Rusia y América. Dado que hemos entrado en una situación en que el principal problema no es procurar a la gente lo que necesitan o les gusta, sino mantenerlas ocupadas haciendo cosas (no importa cuáles), difícilmente podrían ocuparse en algo mejor que en fabricar objetos costosos susceptibles de ser arrojados posteriormente por la borda. Ese proceso mantiene el dinero en circulación y las fábricas en actividad. Nada de eso hará mucho daño, o no durante demasiado tiempo. El alivio es, no obstante, parcial y temporal. La principal tarea práctica de la mayoría de nosotros no consiste en proporcionar consejo a los grandes hombres acerca de cómo terminar con nuestra fatal economía —no tenemos ninguno que darle y ellos no lo escucharían—, sino en examinar cómo podemos vivir dentro de ella con el menor daño y degradación posible.

Es preciso poner de manifiesto todavía algo fatal e insensato. Así como la ventaja de los cristianos sobre los demás hombres no se debe a que sean seres menos caídos ni menos condenados que ellos a vivir en un mundo caído, sino al hecho de saber que *son* seres caídos en un mundo caído, nosotros estaremos mejor si recordamos en cada momento lo que es el trabajo bien hecho y cuán difícil se ha vuelto ahora para la mayoría. Tal vez debamos ganarnos la vida tomando parte en la producción de objetos de pésima calidad e indignos de ser producidos aun cuando fueran de buena clase. La demanda o la «compra» de productos así se logra exclusivamente anunciándolos. Junto a las aguas de Babilonia —o el cinturón de montaje— diremos, sin embargo, interiormente «si me olvido de ti, ¡oh Jerusalén!, que mi diestra sea dada al olvido» (lo hará). Y naturalmente mantendremos nuestros ojos abiertos para cualquier oportunidad de fuga. Si tenemos la posibilidad de «elegir una carrera» (¿tiene un hombre de cada cien una cosa así?), perseguiremos los trabajos sensatos como galgos y nos pegaremos a ellos como lapas. Si tenemos oportunidad, trataremos de ganarnos la vida haciendo bien aquellas cosas que merecía la pena hacer aun cuando no tuviéramos que ganarnos la vida. Tal vez sea necesario mortificar considerablemente nuestra avaricia. Los trabajos insensatos producen por lo general grandes sumas de dinero. También son habitualmente los menos laboriosos.

Fuera de todos ellos hay, no obstante, algo más sutil. Debemos poner mucho cuidado en preservar nuestros hábitos intelectuales libres del contagio de quienes han sido educados en esa situación. Una infección de ese tipo ha corrompido profundamente, en mi opinión, a nuestros artistas.

Hasta muy recientemente —hasta la segunda mitad del siglo pasado— se daba por supuesto que la ocupación del artista consistía en deleitar e instruir a su público. Había, naturalmente, diferentes públicos. Las canciones callejeras y los oratorios no iban dirigidos a la misma audiencia (aunque, a mi juicio, a una gran cantidad de gente les gustaban las dos). El artista podía incitar a su público a apreciar cosas más bellas de las que había querido al principio. Ahora bien, solo podía hacer una cosa así si resultaba entretenido desde el comienzo —aun cuando no se limitara a entretener—, ofreciendo una obra básicamente inteligible —aunque no se entendiera por completo—. Todo esto ha cambiado. En los círculos estéticos más elevados no se oye hoy día nada acerca del deber del artista hacia nosotros. Todo gira acerca de nuestra obligación hacia él. Él no nos debe nada. Nosotros, en cambio, le debemos «reconocimiento», aun cuando no haya prestado la menor atención a nuestros gustos, intereses o hábitos. Si no se lo damos, nuestro nombre será vilipendiado. En esta tienda el cliente está equivocado siempre.

Un cambio así es parte, seguramente, de nuestra nueva actitud hacia toda obra. Como «dar empleo» es más importante que hacer cosas necesarias o agradables para los hombres, hay una tendencia a considerar que la causa de la existencia de cualquier industria reside en quienes ejercen la profesión en ella. El herrero no trabaja para que los guerreros puedan luchar. Los guerreros existen y luchan para que el herrero pueda estar ocupado. El bardo no existe para deleitar a la aldea: la aldea existe para ensalzar al bardo.

Detrás de este cambio de actitud en la industria se esconden razones estimables y cierta insensatez. El avance real de la caridad nos prohíbe hablar de «población sobrante». En su lugar comenzamos a hablar de «desempleo». El peligro del cambio reside en que podría conducirnos a olvidar que el empleo no es un fin en sí mismo. Queremos que la gente tenga empleo porque es un medio para conseguir el sustento, pues creemos —quién sabe si acertadamente— que es mejor alimentarlos por hacer cosas mal que a cambio de no hacer nada.

Sin embargo, aunque tenemos el deber de dar de comer al hambriento, dudo que tengamos obligación de «estimar» al ambicioso. Esta actitud hacia el arte es fatal para la obra bien hecha. Muchos cuadros, poemas y novelas modernos que hemos conseguido «estimar» no son obras bien hechas en absoluto, pues no son ni siquiera *obras*. Son meros charcos de sensibilidad o reflexión derramadas. Cuando un artista está trabajando en sentido estricto, tiene en mente, por supuesto, el gusto existente, los intereses y la capacidad de su audiencia. Esto es parte de su materia prima, como el lenguaje, el mármol o la pintura. Es preciso usarlo, domesticarlo, sublimarlo, no ignorarlo ni oponerse a ello. La indiferencia altanera no es un rasgo de genio, ni prueba de integridad, sino pereza e incompetencia. Significa no haber aprendido el oficio. De ahí que la obra realmente honesta para Dios aparezca ahora, en lo que atañe al arte, de un modo nada intelectual: en el cine, las historias de detectives o los cuentos de niños. Todos ellos son a menudo estructuras razonables, instrumentos templados, cuidadosamente ajustados, con todos los acentos calculados, en los que la habilidad y el esfuerzo se emplean con éxito para producir lo que se pretende. No me malinterpreten. Las producciones intelectuales pueden revelar, como es lógico, una sensibilidad más fina y un pensamiento más profundo. Pero un charco no es una obra excelsa, por exquisitos que sean los vinos, aceites o medicinas que contenga.

Las grandes obras (de arte) y las «buenas obras» (de caridad) deberían ser también obras bien hechas. Hagamos que los coros canten bien o que se callen. De otro modo ratificaremos la conciencia mayoritaria de que el mundo de los negocios, que fabrica con enorme eficiencia cosas que no sería preciso realmente fabricar, es el verdadero mundo práctico de los adultos, mientras que la «cultura» y la «religión» (horrendas palabras ambas) son actividades esencialmente marginales, propias de aficionados y de personas algo afeminadas.

LAPSUS LINGUAE

CUANDO UN LAICO tiene que predicar un sermón, creo que es más probable que sea útil, o incluso interesante, si comienza exactamente donde él se encuentra, no tanto pretendiendo instruir como comparando notas.

No hace mucho, cuando estaba usando la Colecta para el cuarto domingo después de la Trinidad[1] en mis oraciones privadas, descubrí que había tenido un *lapsus linguae*. Quería pedir que pudiese pasar por las cosas temporales de tal modo que no perdiese las eternas; me encontré con que había orado que pudiese servirme de las cosas eternas de tal modo que no perdiese las temporales. Por supuesto, no creo que un *lapsus linguae* sea un pecado. No estoy seguro de ser siquiera un freudiano suficientemente estricto como para creer que todos esos errores, sin excepción, son profundamente significativos.

---

1. «Oh Dios, protector de cuantos en ti confían, sin quien nada es fuerte, nada es santo: Multiplica en nosotros tu misericordia, a fin de que, bajo tu dirección y guía, nos sirvamos de los bienes temporales, de tal manera que no perdamos los eternos; por Jesucristo nuestro Señor que vive y reina contigo y el Espíritu Santo, un solo Dios, por los siglos de los siglos. Amén» (Libro de oración común) [Nota del editor].

Pero creo que algunos sí lo son, y pensé que este era uno de ellos. Pensé que lo que había pronunciado inadvertidamente expresaba con bastante exactitud algo que realmente deseaba.

Con bastante exactitud; no, por supuesto, con total exactitud. Nunca he sido tan estúpido como para pensar que pudiera, estrictamente hablando, «servirme» de lo eterno. De lo que quería disfrutar sin perjuicio de mis cosas temporales era de aquellas horas o momentos en los cuales me ocupo de lo eterno, en los cuales me abro a ello.

Voy a explicarles a qué me refiero. Digo mis oraciones, leo un libro devocional, me preparo para, o recibo, el sacramento. Pero mientras hago estas cosas hay, por así decirlo, una voz interior que me exige precaución. Me dice que tenga cuidado, que conserve la cabeza, que no vaya demasiado lejos, que no queme mis naves. Entro en la presencia de Dios con un gran miedo de que algo me pueda pasar dentro de esa presencia que resulte intolerablemente inconveniente cuando salga de nuevo a mi vida «normal». No quiero ser arrastrado a cualquier decisión de la que me deba arrepentir más tarde. Porque sé que me sentiré bastante diferente después del desayuno; no quiero que me pase nada en el altar que me haga contraer una deuda más grande de lo que pueda pagar después. Sería muy desagradable, por ejemplo, asumir el deber de la caridad (mientras estoy en el altar) con tanta seriedad que después del desayuno tuviese que romper la deslumbrante respuesta que le había escrito ayer a un interlocutor insolente y que pensaba mandar hoy. Sería muy incómodo comprometerme con un programa de abstinencia que truncase mi cigarrillo de después del desayuno (o, en el mejor de los casos, hacer que sea la cruel alternativa a otro cigarrillo a media mañana). Incluso hay que cubrir los costes del arrepentimiento de actos pasados. Al arrepentirse, uno los reconoce como pecados, y por lo tanto no deben repetirse. Mejor dejar ese asunto pendiente.

La raíz principal de todas estas precauciones es la misma: proteger las cosas temporales. Y encuentro algunas evidencias de que esta tentación no es peculiar de mí. Un buen autor (cuyo nombre he olvidado) preguntaba en algún lugar: «¿Nunca nos hemos levantado de sobre nuestras rodillas con apuro por miedo a que la voluntad de Dios se convirtiese en algo demasiado inconfundible si seguíamos orando?». La siguiente historia se cuenta como verídica. Una mujer irlandesa que acaba de salir de confesión se encuentra en las escaleras de la capilla a otra mujer que era su gran enemiga en el pueblo. La otra deja volar un torrente de improperios. «¿No te da vergüenza —responde Biddy— hablarme de ese modo, cobarde, cuando estoy en gracia de Dios y no puedo contestarte? Pero tú espera. No voy a estar en gracia demasiado tiempo». Existe un excelente ejemplo tragicómico en *The Last Chronicle of Barset* de Trollope. El arcediano estaba enojado con su hijo mayor. En seguida hizo una serie de arreglos legales para perjuicio del hijo. Podrían haberse realizado todos fácilmente pocos días después, pero Trollope explica por qué el arcediano no podía esperar. Si esperaba al día siguiente tenía que pasar por sus oraciones vespertinas, y sabía que no sería capaz de llevar a cabo sus hostiles planes teniendo en medio la oración «perdona nuestras ofensas, así como nosotros perdonamos». Así que se dispuso a ello en primer lugar; decidió presentarse ante Dios con hechos consumados. Este es un caso extremo de las precauciones de las que estoy hablando; el hombre no asumirá riesgos en la proximidad de lo eterno hasta que haya asegurado por adelantado las cosas temporales.

Esta es mi perpetua tentación recurrente: descender a ese mar (creo que San Juan de la Cruz llamó a Dios un mar) y una vez allí no sumergirme, ni nadar, ni flotar, solo salpicar y chapotear, con cuidado de no perder pie y aferrándome a la cuerda salvavidas que me conecta con mis cosas temporales.

Esto es diferente de las tentaciones con las que nos tropezamos al comienzo de la vida cristiana. Entonces luchamos (al menos en mi caso) para no admitir de manera total las exigencias de lo eterno. Y cuando luchamos, y fuimos vencidos, y nos rendimos, supusimos que todo sería coser y cantar. Esta tentación viene después. Se dirige a aquellos que en principio ya han admitido esas exigencias e incluso están realizando alguna clase de esfuerzo para cumplirlas. Nuestra tentación es buscar con diligencia el mínimo aceptable. De hecho, somos prácticamente iguales que los contribuyentes honestos pero reticentes.

Estuvimos de acuerdo con un impuesto sobre la renta en principio. Elaboramos nuestras declaraciones de renta con sinceridad. Pero temblamos ante un incremento del impuesto. Tenemos mucho cuidado de no pagar más de lo necesario. Y esperamos —muy ardientemente— que después de haber pagado quede lo suficiente para vivir.

Y fíjense en que estas advertencias que el tentador susurra en nuestros oídos son del todo verosímiles. De hecho, no creo que (después de la primera juventud) él intente engañarnos a menudo con una mentira directa. La verosimilitud es esto. Es realmente posible sentirse arrastrado por la emoción religiosa —el *entusiasmo*, como lo llamarían nuestros ancestros— hacia decisiones y actitudes que después tendremos motivos para lamentar. Y esto no de forma pecaminosa, sino racional, no cuando somos más mundanos, sino cuando más sabios somos. Nos podemos volver escrupulosos o fanáticos; podemos abrazar, en lo que parecería celo pero realmente es presunción, tareas que nunca se nos encargaron. Esta es la verdad de la tentación. La mentira consiste en la sugerencia de que nuestra mejor protección es una consideración prudente de la seguridad de nuestro bolsillo, nuestras indulgencias habituales y nuestras ambiciones. Pero eso es bastante falso. Nuestra verdadera protección hay que buscarla en otra parte: en las costumbres cristianas habituales, en la teología moral, en el pensamiento racional continuo, en el consejo de los buenos amigos y de los buenos libros y (si es necesario) en un director espiritual capacitado. Las lecciones de natación son mejores que una cuerda salvavidas hacia la orilla.

Porque, por supuesto, esa cuerda salvavidas es en realidad una cuerda hacia la muerte. No existe paralelismo con pagar impuestos y vivir con lo que quede. No es un tanto de nuestro tiempo y un tanto de nuestra atención lo que Dios pide: no es ni siquiera todo nuestro tiempo y toda nuestra atención; es a nosotros mismos. Las palabras del Bautista son ciertas para cada uno de nosotros: «Es necesario que él crezca, pero que yo mengüe». Él será infinitamente misericordioso con nuestros repetidos fracasos; no conozco ninguna promesa de que él acepte un acuerdo premeditado. Porque él, en último término, no tiene nada que darnos salvo a sí mismo; y puede darlo solo en la medida en que nuestra voluntad de autoafirmación se retire y deje espacio para él en nuestras almas. Preparemos nuestras mentes para ello; no quedará nada «nuestro» que sobre para vivir, nada de vida «normal». No estoy diciendo que cada uno de nosotros tenga necesariamente el llamado a ser un mártir o un asceta. Aunque puede ser. Para algunos (nadie sabe quiénes), la vida cristiana incluirá mucho tiempo libre, muchas ocupaciones de las que disfrutamos de manera natural. Pero serán recibidas de la mano de Dios. En un cristiano perfecto serían tan parte de su «religión», de su «servicio», como sus tareas más arduas, y sus banquetes serían tan cristianos como sus ayunos. Lo que no se puede admitir —lo que solo debe existir como un enemigo imbatido pero al que se resiste diariamente— es la idea de algo que sea «nuestro», alguna área «extra» en la que Dios no tenga nada que decir.

Él lo reclama todo, porque es amor y tiene que bendecir. No puede bendecirnos a menos que nos tenga. Cuando intentamos mantener dentro de nosotros un área que es nuestra, tratamos de mantener una zona de muerte. Así que él, enamorado, lo reclama todo. No hay componendas con él.

Ese es, deduzco, el significado de todos esos dichos que tanto me alarman. Tomás Moro dijo: «Si realizas un contrato con Dios sobre cuánto le servirás, descubrirás que has firmado tú por ambos». Law, con su terrible y fría voz, dijo: «Muchos serán rechazados el día final, no porque no hayan invertido tiempo ni hayan puesto especial cuidado en su salvación, sino porque no han invertido suficiente tiempo ni han puesto suficiente cuidado»; y más adelante, en su más rico periodo behmenita: «Si no has elegido el reino de Dios, al final no tendrá ninguna importancia lo que hayas elegido en su lugar». Son palabras difíciles de aceptar. ¿Realmente no tendrá importancia si fueron las mujeres o el patriotismo, la cocaína o el arte, el *whisky* o un asiento en el Consejo de ministros, el dinero o la ciencia? Bueno, seguramente no importa la diferencia. Nos habremos perdido el fin para el cual fuimos creados y habremos rechazado la única cosa que satisface. ¿Acaso le importa a un hombre moribundo en un desierto en qué cruce de caminos se desvió de la ruta correcta?

Es un hecho extraordinario que el cielo y el infierno hablen sobre este tema con una sola voz. El tentador me dice: «Ten cuidado. Piensa en cuánto va a costar esta buena decisión, la aceptación de esta gracia». Pero nuestro Señor también nos pide que evaluemos el costo. Incluso en los asuntos humanos se da gran importancia al acuerdo entre aquellos cuyo testimonio difícilmente ha concordado nunca. Aquí más. Parece que ambos tienen bastante claro que el chapoteo tiene pocas consecuencias. Lo que importa, lo que el cielo desea y el infierno teme, es precisamente ese paso más allá, donde el agua nos cubre, donde no tenemos el control.

Y aun así, no desespero. En este punto me vuelvo, como algunos dirían, muy evangélico; en cualquier caso, nada pelagiano. No creo que ningún esfuerzo de mi parte pueda terminar de una vez por todas con este anhelo de responsabilidad limitada, esta reserva fatal. Solo Dios puede. Tengo fe y esperanza en que lo hará. Por supuesto, no quiero decir que yo pueda, como se suele decir, «sentarme tan tranquilo». Lo que Dios hace por nosotros lo hace en nosotros. A mí me parecerá que el proceso de hacerlo (y creo no equivocarme) serán los ejercicios repetidos día a día u hora a hora por mi propia voluntad al renunciar a esta actitud, en especial por las mañanas, para que crezca sobre mí como un nuevo armazón cada noche. Los errores se perdonarán; es la conformidad la que resulta fatal, la presencia permitida y regularizada de un área en nosotros que todavía reclamamos como propia.

Nunca, a este lado de la muerte, podremos expulsar al invasor fuera de nuestro territorio, pero debemos estar en la Resistencia, no en el Gobierno de Vichy. Y esto, hasta donde yo puedo ver, hay que reemprenderlo cada día. Nuestra oración matinal debería ser la de la *Imitación de Cristo*, cuando dice: *Da hodie perfecte incipere* (concédeme comenzar hoy un día de perfección), pues aún no he hecho nada.

ACERCA DEL AUTOR

CLIVE STAPLES LEWIS (1898–1963) fue uno de los intelectuales más importantes del siglo veinte y podría decirse que fue el escritor cristiano más influyente de su tiempo.

Fue profesor particular de literatura inglesa y miembro de la junta de gobierno en la Universidad de Oxford hasta 1954, cuando fue nombrado profesor de literatura medieval y renacentista en la Universidad de Cambridge, cargo que desempeñó hasta que se jubiló. Sus contribuciones a la crítica literaria, literatura infantil, literatura fantástica y teología popular le trajeron fama y aclamación a nivel internacional.

C. S. Lewis escribió más de treinta libros, lo cual le permitió alcanzar una enorme audiencia, y sus obras aún atraen a miles de nuevos lectores cada año. Sus más distinguidas y populares obras incluyen *Las crónicas de Narnia*, *Los cuatro amores*, *Cartas del diablo a su sobrino* y *Mero cristianismo*.